光文社文庫

文庫書下ろし

# 天使の審判

大石　圭



光　文　社

この作品は光文社文庫のために書下ろされました。

*Contents*

# 一章

*Episode 1*

# 1

あの日までの彼女は、生まれたばかりの犬や猫のようだった。目に映るすべてのものが新鮮で、生きているということが嬉しくて、楽しくて、たまらなかった。

毎朝、ベッドを出るのが嬉しかった。化粧をするのが楽しかった。クロゼットの前で何を着て大学に行こうかと悩むのも嬉しかった。

もちろん、挫折を経験したこともあったし、悲しい思いをしたこともあった。自分に向けられる悪意を感じたこともなくはなかった。それでも、あの夏の日まで、自分が世界の中心に立っているようにさえ感じていた。

彼女はごく幼い頃から、自分が魅力的な容姿の持ち主だということを自覚していた。中学生や高校生の頃には、男子生徒の多くから好意を抱かれているということも感じていた。

だが、その美貌をひけらかすようなことはなかった。母がそうだったように、彼女もまた、控えめで、奥ゆかしくて、自分のことよりも他人のことを優先して考えるような性格の少女だった。

優しい。

ありふれた表現だが、彼女はまさにそういう人だった。


彼女の名は琴音《ことね》。小川《おがわ》琴音。

琴音という名は、琴の音色を愛した父の母がつけた。

今から二十五年前の夏に、琴音は日本海に面した地方都市で生まれ、高校を卒業するまでその街にある大きくて古い家で育った。

琴音の父は東京の大手建設会社で働いていたが、三十歳の時に父親が病気で亡くなり、故郷に戻って父の会社を引き継いだ。地元では名の知れた建築会社だった。

父は体が大きくて、太っていて、顔が赤くて、声が大きかった。強面《こわもて》だったけれど、誰に対しても公平で、笑みを絶やさない思いやりのある人で、従業員を大切にしていた。

母は引き締まった体つきの美しい女性だった。淑《しと》やかで奥ゆかしいその母に、琴音はよく似ていると言われていた。

東京で生まれ育った母は幼い頃からバレエに親しみ、高校卒業後は東京のバレエ学交こ通い、卒業証明書にあたる『ディプロマ』を取得した。母は何度となくバレエ団のオーディションに挑んだが、採用されることなく、プロになる夢を諦めたと聞いている。

東京の大学に通っていた同い年の父と出会ったのは二十歳の頃で、五年ほどの交際を経て結婚した。東京で暮らしていた頃は、出身校であるバレエ学校で子どもたちの指導をしていたが、父の実家で暮らすようになってからは、自宅の敷地内に建てられた教室で近所の女性や子供たちにバレエを教えていた。

琴音の幼い頃に亡くなったので、父方の祖父については記憶がない。だが、名付け親でもある祖母とはいつも一緒にすごしていた。祖母はにこやかで、とても穏やかな性格の優しい人だった。

ひとりっ子の琴音は、そんな祖母と両親に溺愛されて育った。

琴音が母にバレエを習い始めたのは、小学校に入学する前だった。同じ頃に祖母から琴を習い始めたが、琴は数年でやめてしまった。

琴を弾くのはあまり好きではなかったが、バレエには夢中になった。小学校の卒業文集には、『将来はバレエ団のプリンシパルになる』と書き、その夢を実現するために休むことなく練習を続けた。母も熱心に指導してくれた。

高校を卒業したら上京して、母が通っていたバレエ学校に通うつもりだった。

## 2

人生で初めてともいえる挫折を経験したのは、高校生になったばかりの頃だった。

ある日、個人レッスンを終えたあとで、思い詰めたような顔をした母が「大切な話があるの」と言った。そんな母の顔を目にしたのは、初めてのような気がした。

背筋を伸ばして椅子に座ったふたりの姿が、教室の大きな鏡に映っていた。母と琴音は黒いレオタード姿だった。教室にいるのはふたりだけで、室内は静まりかえっていた。

「こんなことは言いたくないんだけど、いつかは言わなきゃいけないことだから……」

苦しげな口調で母が話を切り出し、琴音は思わず身構えた。

「ずっと思っていたことなんだけど……琴音がプロになるのは無理だと思う」

数秒の沈黙があった。そのあいだに、琴音の視界が涙で曇り始めた。

「これからもっと頑張るけど、それでも無理なの？　絶対に無理なの？」

声を震わせて琴音は訊《き》いた。「お母さんの思い違いっていうことはないの？」

「頑張ってきた琴音をずっとすぐそばで見てきたから、こんなことは言いたくないんだけど……でも、琴音はお母さん程度のバレリーナにもなれない。これは誰かよ母もまた涙を流していた。

あの時は、目の前が真っ暗になるように感じた。けれど、琴音は数日で立ち直り、今まで以上に勉強に打ち込んだ。

かつての琴音はとても前向きな性格だった。あの頃の彼女は、ひたむきに努力を続けていれば、きっと幸福がやってくると本気で信じていた。

次の夢は急には思いつかなかった。それでも、琴音は学校の勉強に励むことにした。理数系の科目は得意ではなかったが、文系の科目、特に語学は大好きだった。

高校卒業後の琴音は東京の私立大学の英文科に進学し、都内のワンルームマンションでひとり暮らしを始めた。可愛がっていた三毛猫と離れるのは辛《つら》かったけれど、新しい生活に心を弾ませもした。

親バカな父はひとり娘に毎月、たくさんの仕送りをしてくれたから、琴音はアルバイトをしなくても買いたいものを自由に買うことができたし、お金のことを考えずに、行きたいところに行くこともできた。

芸能プロダクションにスカウトされたのは、大学に入学して間もない頃だった。買い物をするために繁華街をひとりで歩いている時に、プロダクションのスタッフだという女に、モデルになるつもりはないかと声をかけられたのだ。

琴音は驚いた。モデルだなんて、考えてみたこともなかったから。

どんな対応をしたらいいのかわからないまま、琴音は女に連れられてインテリジェントビルの中にあるオフィスに行った。そして、その洒落《しゃれ》たオフィスで社長だという五十歳前後の女と対面し、彼女からぜひ自分のプロダクションに所属して欲しいと長時間にわたって説得を受けた。

そのプロダクションは国内外で活躍しているモデルたちを、何人も輩出しているということだった。

「戸惑っているみたいね。小川さんは奥ゆかしそうだから、その気持ちはわかる。でも、その美貌を使わないっていうのは、わたしには罪なことのように感じられるの」

社長だというその女はテーブルから身を乗り出し、怖いほど真剣な目で琴音を見つめてそう言った。

琴音は女の顔をぼんやりと見つめて頷いた。思ってもいない展開に、激しく戸惑っていたのだ。

そんな琴音に向かって、社長の女がさらに言葉を続けた。

「わたしには小川さんがダイヤモンドの原石のように見える。うまくいけば日本のトップモデルになれるかもしれない。小川さんが本当はどんな人なのか、今はまだわからないけど、上品さや優しさが容姿に滲み出ているみたいに感じられる。容姿だけでは人を長く惹きつけることはできないけれど、あなたの内面は、大きな武器になる可能性があると思う」

社長の隣では、琴音に声をかけてきた女が、やはりとても真剣な顔で頷いていた。

その言葉にも琴音は驚いた。自分が人並み以上の容姿の持ち主であることは、以前からわかっていた。だが、いくら何でも、それは持ち上げすぎのように感じられた。

「少し考えさせてください」

その日はそう言って、琴音は事務所をあとにした。


その晩、琴音は実家の父と母に電話を入れ、モデルとしてスカウトされたことを告げた。

父はすぐにそのプロダクションについて調べてくれた。琴音に声をかけてきたのが、怪しい組織なのではないかと疑っていたようだった。

けれど、そのプロダクションにはしっかりとした実績があり、何人ものモデルたちが活躍していた。

『琴音のやりたいことなら、お父さんは応援する』

数日後に、電話をしてきた父が琴音にそう伝えた。母も夫と同じ考えのようだった。

「そうね。どこまでできるかわからないけど、やれるだけやってみる」

琴音は答えた。最初は戸惑っていたけれど、その時にはモデルとして頑張ってみたいと思うようになっていた。

そんなふうにして、琴音はプロダクションに所属し、いくつものレッスンを経て、やがてモデルとして活動するようになった。社長が言ったように、奥ゆかしくて淑やかな性格も、その活躍を後押ししてくれたようだった。

モデルとしての仕事は、思っていたよりずっと忙しくて、大学の勉強は疎《おろそ》かになりがちだった。それにもかかわらず、琴音はクラシックバレエのサークルにも所属して、そちらの活動にも力を注いだ。

それはたかが大学のサークル活動だったから、部員たちのレベルは決して高いとは言えなかった。それでもサークル活動をしていたのは、子供の頃から親しんできたバレエから、どうしても離れたくなかったからだった。

仕事の現場で出会った年上の男たちから交際を求められたことも何度かあった。けれど、琴音は誰とも付き合わなかった。モデルの仕事とバレエがあれば、それで充分だと感じていたのだ。

『バレエ団のプリンシパルになる』というかつての夢は、その頃にはプロダクションの社長が口にした『日本のトップモデルになる』ことにはっきりと変化していた。

わたしだけがこんなに幸せでいいのだろうか？　いつかこの幸福は尽きてしまうのではないだろうか？

あの頃、琴音は頻繁に、そんなことを考えた。少し前に読んだ小説に、ひとりの人間が手にすることのできる幸福には限りがあると書いてあったから。

客観的に考えれば、考えるほど、琴音は恵まれていた。恵まれすぎていた。

この幸福が尽きてしまう日が来ると思うと怖かった。それでも、そんな時は決して来ないのではないかとも思っていた。

だが、その日はやって来た。

今から三年前、二十二歳の誕生日を迎えた直後のことで、琴音は英文科の四年生だった。

## 3

三年前のあの夏の日は、琴音が所属しているバレエのサークルの発表会だった。

サークルの中心メンバーで最上級生だった琴音は、純白の衣装を身につけてソリストとして踊り、会場を訪れた人々からたくさんの拍手をもらった。

発表会のあとには打ち上げがあり、琴音もサークルのみんなと一緒に繁華街の居酒屋に繰り出した。

うんざりするほど暑い日で、夜になっても気温は下がらなかった。熱を帯びた風はじっとりと湿っていた。

あの夜、琴音は真っ白なタンクトップに、デニムのスカートを穿いていた。サークルのほかの女子学生たちも同じような恰好をしていた。バレエをしていた時にはシニヨンにまとめていた髪を、みんなが下ろしていた。

体調の異変に気づいたのは乾杯をしてすぐのことだった。ジョッキに注がれた冷えたチューハイを半分ほど飲んだだけで眩暈《めまい》がし始めたのだ。

すぐに治まるだろうと思った。だが、眩暈はひどくなっていくばかりだった。

「琴音、どうかしたの？」

すぐ隣に座っていた女子学生が琴音の変化に気づいて訊いた。英文科の同じクラスに在籍している吉原真澄《よしはらますみ》という子で、大学に入学してすぐの頃からの親友だった。真澄も幼い頃からバレエを習っていて、かつてはプロを目指していたのだと聞いていた。

去年の秋の大学祭のコンテストで、真澄はミスキャンパスに選ばれていた。琴音もそのコンテストに誘われたが、「わたしはいいや」と言って参加を断っていた。

「うん。何だかクラクラして、目がまわるの」

琴音は答えた。そのあいだも、真澄の顔がまわっているように見えた。

「疲れてるんじゃない？　発表会のためにすごく頑張ってたから」

心配そうな顔をして真澄が言った。

確かに、この発表会のために、琴音はいつも以上に練習に力を注いでいた。モデルになってからはダイエットも続けてきたから、体力が落ちているのかもしれなかった。

「帰ったほうがいいかもね」

真澄が言った。睫毛《まつげ》エクステンションが目の下に影を作っていた。

「みんなと飲むのを楽しみにしていたのに……でも、帰らせてもらおうかな」

そう言っているうちにも、眩暈はひどくなり続けていた。

「わたしがタクシーで、マンションまで送るよ」

「大丈夫。ひとりで帰れる。真澄はここに残って」

「無理しないほうがいいよ。わたしが送っていく」

「でも、そこまでしてもらっちゃ悪いし……」

「水臭いこと言わないで。さあ、行こう」

先に腰を上げた真澄が言った。彼女も腕と脚が長く、すらりとした美しい体つきをしていた。

「それじゃあ、送ってもらおうかな」

琴音は立ち上がったが、脚がひどくふらつき、真澄に支えられなければしゃがみ込んでしまいそうだった。

居酒屋を出るとすぐに、真澄がタクシーを拾ってくれた。そのあいだ、琴音はガードレールに摑まっていた。そうしていないと、立っていられないほど眩暈がひどかった。

タクシーの後部座席に乗り込んだ琴音は、右側に座った真澄の体に寄りかかった。

「ごめんね、真澄。せっかくの打ち上げなのに……わたしが降りたら、このタクシーでみんなのところに戻っていいよ。タクシー代は、あした払うからね」

真澄の肩に寄りかかったまま琴音は言った。

「そんなこと気にしなくていいよ。今夜は早くベッドに入るといいよ」

琴音を見下ろした真澄が言い、琴音は「そうする。ありがとう」と言って笑った。

## 4

打ち上げをしていた居酒屋から琴音が暮らすマンションまでは、タクシーで十五分ほどの距離だった。

「あの角で止めてください」

タクシーがマンションのすぐそばまできたところで、琴音は体を起こして運転手に告げた。琴音のマンションの前の道は一方通行で、車でそこに行くためにはかなり遠まわりをしなければならなかったからだ。

「大丈夫？　ここから歩ける？」

真澄が訊いた。ふっくらとした唇が濡れているかのように光っているのが、薄暗い車内でもよくわかった。

「うん。大丈夫。だいぶ気分がよくなったから」

琴音は答えた。居酒屋にいた時に比べると、眩暈は治まっているように感じられた。

琴音のマンションに通じる一方通行の道の出口でタクシーが止まった。

「迷惑かけてごめんね、真澄。ありがとう」

「気にしないで。気をつけて帰ってね」

「うん。みんなによろしく伝えておいて」

琴音はそう言ってタクシーを降りた。まだ眩暈は続いていたが、何とか自分の足で自宅にたどり着けそうだった。そこから自宅のワンルームマンションまでは、三百メートルほどの距離しかなかった。

振り返ると、タクシーの後部座席で真澄が手を振っているのが見えた。その真澄に小さく手を振り返してから、琴音はおぼつかない足取りで歩き始めた。

表通りは明るかったが、狭い一方通行のその道は街灯も少なくて薄暗かった。昼間も人通りは少ないが、午後八時をまわった今は歩いている人の姿はほとんどなかった。

西の空に細い月が浮かび、そのすぐ近くで明るい星が瞬いているのが見えた。生暖かい風がスカートの裾から流れ込み、太腿《ふともも》を撫でるかのように吹き抜けていった。

前方に停車していた黒っぽいミニバンがゆっくりと動き出し、琴音のすぐ脇で再び停車したのは、タクシーを降りて二百メートルほど歩いた時だった。

ミニバンの後部座席のドアが開き、そこから背の高い男が降りてきた。

琴音は足を止め、男の顔を見つめた。

その瞬間、琴音はギョッとして息を呑んだ。男が目の部分を仮面のようなもので隠していたからだ。

琴音は悲鳴を上げかけた。だが、その前に男がいきなり琴音を抱き締め、そのまま車の後部座席に押し倒した。

「あっ！　何するのっ！」

琴音は叫んだが、ほぼ同時に、後部座席の奥にいた別の人間が、琴音の体を車の奥へと力ずくで引き摺り込んだ。

それは本当に、あっと言う間の出来事だった。何が起きたのかわからず、琴音は一瞬、薄暗い車内に視線をさまよわせた。その直後に男が車に乗り込み、勢いよくドアを閉めた。

「何するのっ！　離してっ！　いやーっ！」

琴音は凄まじい悲鳴を上げ、手足をバタつかせて抵抗を試みた。だが、暴れる琴音の華《きゃ》奢《しゃ》な体を、ふたりの男たちが力ずくで押さえつけた。もうひとりも同じような仮面で目の部分を隠していた。

「いやーっ！　やめてーっ！　いやーっ！」

琴音は悲鳴をあげ続けながら、さらに激しく暴れた。

そんな琴音の鼻と口に、男のひとりがハンドタオルのようなものを押し当てた。その布は湿っていて、強い揮発性のにおいがした。

激しく暴れていた琴音は、思わずそれを吸い込んだ。その直後に、目の前が急激に暗くなり、世界からすべての音が消えた。

5

最初に甦ったのは聴覚と嗅覚だった。

息苦しかった。必死に目を見開いたが、何も見えなかった。

一瞬、自分の身に何が起きているのかがわからず、琴音は激しく混乱した。だが、すぐに自分が車に無理やり押し込まれたのだということを思い出し、身をよじるようにして凄まじい悲鳴をあげた。

けれど、口に何かが押し込まれているようで、その悲鳴はくぐもった呻きにしかならなかった。

何も見えないのは目隠しをされているからのようだった。その目隠しを取ろうと、琴音は顔に手を伸ばそうとした。だが、左右の手首は体の後ろで縛りつけられているらしく、それすらもできなかった。

激しいパニックが次々と押し寄せ、琴音はさらに悲鳴をあげて身を悶えさせた。だが、やはりその声はくぐもった呻きにしかならなかった。両足首も強く縛られているようで、脚をばたつかせることさえもできなかった。

「目を覚ましたみたいだぞ」

急に男の声が聞こえた。低くて太い声だった。

「そうみたいですね」

また男の声がした。琴音を車に押し込んだのとは別の男の声かもしれなかった。

数分間にわたって、琴音は必死の身悶えを続けた。だが、口から呼吸ができないために息苦しさが募り、再び意識が遠のきそうになり、しかたなく悶えるのをやめた。

鼻を広げて懸命に呼吸をする。腰の後ろで縛られている両手を握り合わせ、必死で気持ちを落ち着かせようとする。

今も走り続けているあの車の中にいるようだった。エンジンの音が聞こえたし、時折、車が停止したり、発進したりするのが感じられた。

拉致されたんだ。わたしは誘拐されたんだ。

そう考えると、恐ろしくて、頭がおかしくなってしまいそうだった。

「あとどれくらいで着くんだ?」

低くて太い声の男が尋ね、さっきとは別の、少し甲高い声の男が「カーナビによると、十分ぐらいですね」と答えた。

この人たちは誰なの? これからわたしをどうするつもりなの?

凄まじい恐怖の中で琴音は思った。

その後も男たちは時折、言葉を交わしていた。「道が濡れてるな」とか、「こっちは夕立でも降ったんですかね」とか、そんなことだった。

少なくとも、この車の中には三人の男がいるようだった。彼らがどんなつもりでいるのかは琴音にはわからなかった。だが、あれほど乱暴な方法で拉致されたのだから、これからのことは容易に予想がついた。

怖かった。これが悪夢であって欲しかった。

「モデルだけあって、スタイルがいいなあ」

低くて太い声の男が言った。直後に、汗ばんだ温かな手が、剝き出しになっている琴音の太腿を何度も執拗にいやらしく撫でまわした。

　正気を保っていられないほどの嫌悪感と屈辱が込み上げ、琴音はまたくぐもった悲鳴を上げて身悶えをした。


　しばらくして車が停止し、運転席にいるらしい男が「着きました」と言った。

　その直後に、後部座席のドアが開けられ、ふたりの男たちが拘束された琴音の体を担ぎ上げた。

　琴音はまたしても激しく悶えた。だが、その抵抗にはほとんど何の意味もなかった。

　剝き出しの腕と脚が風を感じた。少しひんやりとした、湿った風だった。濡れた土のにおいがした。木々の葉が擦《こす》れるような音もした。辺りは静まり返っていて、ほかに聞こえるのは男たちの足音と、四方からの虫の声ぐらいだった。

「足元がぬかるんでるから気をつけろ」

　前方を歩いている男が言った。さっきまで琴音の太腿を、汗ばんだ手で撫でまわしていた男だった。

　すぐにドアの開けられるような音がした。琴音を担ぎ上げている男たちはさらに歩き続けた。どうやら、建物の中に入ったようだった。虫の声が聞こえなくなり、少し埃っぽいにおいがした。

　またドアが開けられる音がした。

「足元に気をつけろ。階段が急だからな」

　前方にいる男が、さっきと同じような言葉を口にした。

　琴音を担いでいる男たちは、どうやら階段を降りているようだった。

　またしてもドアの開けられる音が聞こえた。そして、数秒後に、男たちは担ぎ上げていた琴音の体を、クッションのようなところに静かに下ろした。

「さて、じっくりと顔を拝ませてもらおう」

　低くて太い声の男が言った。その直後に目隠しと口を覆っていた布が外され、口の中に押し込まれていた布が取り除かれた。

## 6

　目隠しが取られた瞬間、眩《まぶ》しさに琴音は思わず目を閉じた。だが、次の瞬間には懸命に目を見開き、自分が置かれている状況を確認しようとした。

琴音は黒い合成樹脂製のシートが張られたベッドのような台の上に横たわっていた。セミダブルベッドサイズのその台を取り囲むようにして三人の男が立っていた。男たちは全員が同じ黒い仮面で目の部分を隠していた。年齢はよくわからなかったが、声の感じからすると、三十歳前後かもしれなかった。

あなたたちは誰です？

琴音はそう言おうとした。けれど、口の中が乾ききっていて、舌がもつれて言葉にならず、内臓を吐き出すかのような激しい咳を繰り返した。

体を折り曲げて咳き込み続けながらも、琴音は必死で目を見開いて辺りを見まわした。

琴音がいるのは剝き出しのコンクリートに囲まれた、広々とした空間だった。家具のようなものもほとんどなく、ガランとしていて、ひどく殺風景で殺伐としていた。階段を降りてきたということは、きっと地下室なのだろう。窓はひとつもないように見えた。床と天井も剝き出しのコンクリートだった。

黒いシートに覆われた台の上に横たわったまま、琴音は首をもたげて自分の体を見た。

琴音はサンダルを履いたままで、足首は茶色い粘着テープでぐるぐる巻きにされていた。タイトなスカートは腰の辺りまで捲《めく》れ上がっていて、白いレースのショーツが丸見えになっていた。

そのことに、琴音は強い羞恥を覚えた。だが、手首は今も背後で縛られているから、スカートを引っ張り下ろすことはできなかった。

「本当に美人だな」

男のひとりが低くて太い声で言いながら、ほかのふたりを見まわした。

低くて太い声のその男は、真っ黒に日焼けしていた。白い半袖のポロシャツにチェックのハーフパンツという恰好で、服の上からでも、胸板が厚くて筋肉質な体つきをしていることが見て取れた。

「確かに、ものすごく綺麗で可愛い女の子ですね」

別の男が同意した。その男はストライプ模様の半袖のボタンダウンシャツに、擦り切れたジーンズを穿いていた。背が高く、痩せていた。

「スタイルも抜群ですね」

今度はもうひとりが口を開いた。甲高い声をしたその男は小太りで、色白で、赤ら顔だった。その男はオレンジ色の派手なTシャツに、カーキ色のズボンを身につけていた。

「あなたたちは……誰なんです？」

琴音は凄まじい恐怖に震えながらも、舌をもつれさせながらそう口にした。

「あんたが知る必要のないことだ」

日焼けした筋肉質な男が笑みを浮かべて答えた。

「わたしを……どうするつもりです？」

強い吐き気が込み上げるのを感じながら、琴音は日焼け男を見つめた。

「あんたが今、想像していることだ」

日焼け男が笑った。唇のあいだから覗く歯は不自然なほどに白かった。

「わたしが……想像していること……」

呟くように、琴音はそう口にした。いつの間にか、目からは涙が溢れていた。

日焼けした男がゆっくりと白いポロシャツを脱いだ。思った通り、男の上半身は逞しい筋肉に覆われていた。続いて、男はチェックのハーフパンツを脱ぎ捨て、黒いボクサーショーツだけの姿になった。ほかのふたりも着ているものを慌ただしく脱ぎ始めた。

「許して……許してください……ひどいことはしないでください……」

目に涙を浮かべ、声を震わせて琴音は哀願した。

だが、男たちは何も聞こえていないかのように黙々と衣類を脱ぎ続けた。

# 7

最初に琴音を車に押し込んだ男はガリガリに痩せていた。別のひとりは小太りで、色白な体は皮下脂肪の層に覆われていた。

「お前たち、女の拘束を解いてやれ」

黒いボクサーショーツだけになった日焼け男が低い声で命じた。

その言葉に従い、痩せた男が琴音の足首の粘着テープを剝がし、小太りで色白の男が手首のテープを乱暴に剝がした。

拘束が解かれた瞬間、とっさに琴音は立ち上がろうとした。だが、その前に日焼け男が琴音をベッドに仰向けに押さえ込んだ。

「いやっ！　離してっ！　いやーっ！」

凄まじい嫌悪感に包まれて、琴音は必死で男の下から抜け出そうとした。だが、男は恐ろしく力が強く、ほとんど何をすることもできなかった。

すぐに男が琴音の白いタンクトップを力ずくで脱がせ、白くて洒落たブラジャーを引きちぎった。

その瞬間、少女のように小ぶりだが、張り詰めていて形のいい乳房が剝き出しになった。

「ああっ、いやっ！」

琴音はとっさに胸を押さえた。

そのあいだに男がデニムのスカートを引き下ろし、小さなショーツを毟《むし》り取った。布の裂ける鋭い音がした。

「やめてっ！　やめてくださいっ！」

琴音は必死で体を折り曲げ、股間を夢中で押さえた。

プロダクションに所属してすぐに、琴音は美容外科クリニックで永久脱毛をしていたから、そこにはほんの少しの性毛しか残っていなかった。

「女の手足を広げさせろ」

日焼け男が体を起こし、琴音の上から降りると、そばにいたほかのふたりに命じた。

すぐに男のひとりが琴音の両手首を、もうひとりが両足首を摑み、腕と脚を力任せに広げ始めた。

「いやっ！　いやっ！」

琴音は必死で抗《あらが》った。けれど、男たちの力の前ではなすすべもなく、たちまちにして、両腕と両脚をいっぱいに広げたアメンボのような恰好にさせられてしまった。

琴音は体が柔らかくて運動神経がよかったし、持久力もあった。けれど、痩せていたからとても非力だった。

琴音の体には贅肉と呼ばれるものがまったくなかった。仰向けになったことによって、左右の肋骨がくっきりと浮き上がった。腹部はえぐれるほどにへこみ、胸の膨らみは消滅しかけ、左右の腰骨と、恥骨が高く突き出した。

「もうやめて……お願いだから、やめてください……」

体を左右に捩《よじ》りながら、声を震わせて琴音は哀願した。これほどの恥辱を覚えたのは初めてで、目からは絶え間なく涙が溢れていた。

「こんなにウエストの細い女を見たのは初めてだ」

琴音の体を凝視した日焼け男が、感心したような口調で言った。

「現役のモデルだけのことはありますね」

琴音の両足首を摑み、それを左右に大きく広げている小太りの男が言った。男の目には、琴音の性器がよく見えるはずだった。

「綺麗なうちに撮影をしておこう。しっかりと押さえつけていろ」

日焼け男が、ほかのふたりに命じた。男はいつの間にかビデオカメラのようなものを手にしていて、そのレンズを琴音に向けていた。

「いやっ！　撮らないでっ！」

琴音は華奢な体をさらに捩った。だが、男たちはその訴えに耳を貸そうとはしなかった。『大の字』の姿勢で仰向けに押さえ込まれている琴音の姿を、日焼け男は五分以上にわたって執拗に撮影した。男は泣いている琴音の顔や、左右の乳頭や、女性器に、カメラのレンズを触れるほど近づけ、ごく至近距離から撮影することもした。

「よし、まずは俺の相手をしてもらおう」

日焼け男はそう言って笑うと、腰を屈めてボクサーショーツを脱ぎ捨てた。

琴音は思わず顔を背けた。男の股間では巨大な男性器がそそり立っていたからだ。そんなふうになった男性器を目にしたのは初めてだった。

「ああっ、いやっ……許して……お願い……もう許して……」

琴音は必死で訴えた。だが、日焼け男はいやらしく笑っただけで、カメラを別の男に手渡し、「撮影を続けていろ」と命じてから、その筋肉質な体を琴音に重ね合わせてきた。

男の手が両肩を押さえつけるのを感じながら、琴音は反射的に目を閉じた。その直後に、琴音の手首より遥かに太い男性器が膣の入口にあてがわれ、ものすごい力で捩《ね》じ込まれていった。

凄まじいまでの激痛に襲われ、琴音は後頭部をマットに擦りつけて身をのけ反らした。

琴音に性体験はなかった。

8

日焼け男はほかのふたりから『マイケル』と呼ばれていた。痩せた男は『ジョン』、色白の小太りは『イアン』とそれぞれ呼ばれていた。もちろん、本名ではなく、ここだけの呼び名なのだろう。

『マイケル』は腰を前後に打ち振り、子宮口を乱暴に突き上げ続けながら、その太い指で琴音の髪を鷲摑みにし、唇を重ね合わせて舌で口の中を搔きまわしたり、乳頭を貪ったり、乳房を揉みしだいたりした。

気を失ってしまうほどの痛みに耐えながら、琴音はしっかりと目を閉じ、頭の中を必死で空っぽにし、奥歯を強く食いしばっていた。

『マイケル』は五分、もしかしたら、それ以上にわたって休むことなく腰を振り続け、その様子を『ジョン』が小型カメラで延々と撮影していた。

途中で目を開けると、目を覆ったマスクの穴の向こうに血走った目が見えた。男の頭の向こうに、コンクリートが剝き出しの灰色の天井も見えた。

やがて『マイケル』が低い呻き声を上げて体を震わせた。その直後に、膣の中で男性器が痙攣を始め、琴音の体の奥深くに多量の体液を注ぎ入れた。琴音はそれをはっきりと感じた。

『マイケル』が琴音から降りると、痩せた『ジョン』がカメラを『マイケル』に手渡してから、琴音の体をゴロリと俯《うつぶ》せに裏返した。『マイケル』が注ぎ入れた体液が股間から不気味に溢れ出た。

『ジョン』は無抵抗の琴音の背に身を重ねると、硬直した男性器を背後から深々と突き入れた。そして、やはり髪を鷲掴みにしながら激しく腰を打ち振り、マットのあいだで押し潰されている小さな乳房を乱暴に揉みしだいた。

『ジョン』の行為も五分ほど続き、最後には『マイケル』と同じようにおびただしい量の体液を琴音の中に放出して終了した。『ジョン』に犯されているあいだずっと、琴音は黒い合成樹脂製のシートに爪を立てて呻き続けていた。

『ジョン』の次は『イアン』だった。『イアン』はまた、琴音の体を仰向けにさせた。『マイケル』がしたように琴音に身を重ねて男性器を挿入し、腰を前後に忙しなく打ち振り始めた。

『マイケル』と『ジョン』はそれなりに長いあいだ腰を動かし続けていた。だが、『イアン』は一分と経たないうちに射精の瞬間を迎えた。

これで終わりだ。これで終わりなんだ。

琴音は思った。だが、すぐにそれが間違いだということに気づいた。

## 9

『イアン』が琴音から降りると、今度は『マイケル』が琴音の髪を摑んで上半身を力ずくで引っ張り起こした。

琴音は小さな悲鳴を上げた。髪の何本かが抜けるのがわかった。

反射的に見まわすと、男たちは三人ともいまだに目の部分を隠したままだった。

『マイケル』は大きく脚を広げて琴音の前に仁王立ちになり、太い指で琴音の髪を摑み、再び硬直している男性器を顔の前に突きつけた。

琴音はとっさに歯を食いしばった。経験はなかったが、男が自分に何をさせようとしているのかはわかっていた。

そんな琴音の唇に『マイケル』がグロテスクな男性器を押しつけ、低い声で「咥《くわ》えろ」と命じた。

「いやっ……いやっ……」

琴音は必死に顔を背けた。

「咥えろ。咥えるんだ」

男が声を凄ませて再び命じた。

けれど、琴音はその命令に従わず、奥歯を強く食いしばり続けた。

「できないなら、できるようにしてやる」

『マイケル』はそう口にすると、右手を高く振り上げた。そして、その手を勢いよく振り下ろし、琴音の左の頬をしたたかに打ち据えた。

ピシャッという鋭い音とともに、琴音の顔は完全に真横を向いた。口から溢れた唾液が数メートル先まで飛んでいくのが見え、左の耳がほとんど聞こえなくなった。

その凄まじい一撃で、琴音は朦朧となって意識を失いかけた。けれど、髪を強く摑まれていたから、倒れ込んでしまうこともできなかった。

琴音が茫然自失の状態に陥っているあいだに、『マイケル』が琴音の口の中に巨大な男性器を深々と押し込んだ。琴音にできたのは、白目を剝いて呻くことだけだった。

「歯を立てるな。歯を立てたら殺す。本当に殺す」

『マイケル』はそう言うと、すぐに琴音の顔を前後に荒々しく打ち振り始めた。

「唇をすぼめろ。もっとしっかりと咥えろ」

頭上から男の声が聞こえた。

石のように硬い男性器の先端が何度も喉を突き上げ、琴音は込み上げる吐き気に必死で耐えた。辛かった。まるで地獄にいるかのようだった。

「おいっ、女の顔をしっかりと撮影しろ」

『マイケル』がカメラを手にした『ジョン』に言うのが聞こえた。

いったい、どれくらいのあいだ、口を犯されていたのだろう。中途半端な形に固定している顎の関節が痛みを発し、酸欠で頭がぼうっとしてきた頃、男が急に動きを止めた。その直後に、口の中の男性器が痙攣を始め、琴音の舌の上に熱い体液を放出し始めた。

今度もその量はとても多くて、体液の一部は口から溢れて、顎の先から滴り落ちた。

男性器の痙攣が終わり、『マイケル』がそれを琴音の口から引き抜いた。その時になってもまだ、したたかに張られた頬が強い痛みを発し続けていた。左の耳ではキーンという甲高い音がして、そのほかの音がほとんど聞こえなかった。

「飲め。一滴残さず飲み込むんだ。そうしないと、またぶん殴るぞ」

『マイケル』が命じた。男は今も琴音の髪を鷲摑みにしたままだった。

言葉にできないほどの嫌悪感に震えながらも、琴音は口の中の体液を必死に飲み下した。


男たちは執拗だった。『マイケル』の次には『ジョン』が琴音の口を犯して体液を注ぎ入れ、それを嚥下するように命じた。『ジョン』の次は『イアン』が同じことをした。

男たちは疲れを知らないロボットのようだった。けれど、その時には琴音も人格が完全に崩壊してしまい、男たちと同じロボットになっていた。男たちの性欲を処理するためだけに存在する、心を持たないロボットに……。

その後も男たちは実に長時間にわたって琴音を弄《もてあそ》んだ。酒を飲んだり、サンドイッチやハンバーガーを食べたり、上の階とこの地下室を往復したり、加熱式の煙草を吸ったり、無駄口を叩いたりしながら琴音を凌辱し続けたのだ。

男のひとりが俯せの琴音を背後から犯しながら、琴音の顔の前であぐらをかいた別の男が口を犯すようなこともした。

犯されている途中で、琴音は何度となく意識を失った。だが、そのたびに頰を張られ、無理やり覚醒させられた。

男たちは琴音の肛門にローションのようなものを塗り、硬直した男性器を無理やり押し込むようなことまでした。凄まじい激痛が襲いかかってきたが、琴音は呻くことさえできなかった。それほどまでに消耗していたのだ。

## 10

辛いはずだった。悔しいはずだったし、悲しいはずだった。それなのに、いつの頃からか、琴音はそういうことを少しも感じなくなった。

怒りもなくなった。憎しみもなくなった。羞恥心や屈辱感さえなくなっていた。そんなことを感じる心が完全に壊れてしまったのだろう。

そんな琴音の心に感情が甦ったのは、自分に身を重ねて腰を動かしていた『マイケル』が、琴音の首をいきなり両手で絞め始めたからだった。

反射的に琴音は『マイケル』の手首を握り締め、その手を首から引き離そうとした。けれど、男の怪力の前では、その必死の抵抗にはほとんど意味がなかった。

「ぐっ……ぐっ……ぐううっ……」

凄まじい苦しみが襲い掛かり、琴音はいっぱいに目を見開いて呻き続けた。

首を絞められたことによって脳細胞への血流が遮《さえぎ》られ、たちまちにして意識が遠のき始めた。辺りがどんどん暗くなり、脳が膨れ上がり、眼球が押し出されるように感じられた。

男は力を緩めなかった。だが、今では目の前にあるその顔さえ見えなかった。

「ウスイさんっ！　やりすぎですっ！　死んじゃいますよっ！」

驚いたような『ジョン』の声が聞こえた。いや、その声は『イアン』のものだったかもしれない。

だが、死の恐怖と苦しみに襲われている琴音には、ふたりの男の声を聞き分けることもできなくなっていた。

ああっ、死ぬんだ。わたしは死ぬんだ。

頭の片隅で、ぼんやりと琴音は思った。やがて、世界から光が消え、においが消え、全身の感覚が失われ、すべての音が消え……そして、恐怖と苦しみのすべてが消えた。

## 11

死んだはずだった。殺されたはずだった。

それにもかかわらず、また音が聞こえた。自分が激しく咳き込んでいる音だった。激しい咳はいつまでも続いた。執拗に咳き込みながら目を見開く。微かな光を感じる。

生きているの？　わたしは、まだ生きているの？

ようやく咳を終えた琴音は、必死で首をもたげて周りを見まわした。

琴音がいるのは暗い車の中……たぶん、力ずくで押し込まれた、あの黒っぽいミニバンの後部座席なのだろう。車内にいるのは琴音だけで、男たちの姿はなかった。

琴音は浅い呼吸を何度も繰り返した。呼吸をするたびに、体の隅々に血液が行き渡っていき、少しずつ頭がはっきりしていくのが感じられた。

そうするうちに、暗がりに目が慣れてきた。琴音は今も全裸のままだったが、その体には毛布のようなものがかけられていた。皮膚にはいたるところに、男たちの乾いた体液がこびりついていた。

生きている。わたしは生きている。

琴音は懸命に体を起こそうとした。だが、消耗し切っている琴音には、それだけのことさえ容易ではなかった。手足が痺れ、頭がひどく痛んだ。ぶたれた頬も痛んだし、絞められた首も痛んだ。

それでも、痩せた体を何とか起こすと、琴音は車の窓から外の様子を覗《うかが》った。

外は夜だった。車が停められているのは、細い山道の路肩のようだった。ぽつん、ぽつんと距離を置いて立っている薄暗い街灯が、道の両側に鬱蒼と生い茂っている木々をぼんやりと照らしていた。

けれど、あの男たちの姿は見えなかった。

逃げなきゃ。早く逃げなきゃ。

車内に視線を戻すと、足元に男物のサンダルがあるのが見えた。琴音は自分にかけられていた毛布を体に素早く巻きつけ、自分には大きすぎるサンダルを急いで履いた。

ドアをスライドさせようとした時、助手席のシートに小型のビデオカメラが置かれているのに気づいた。凌辱されている琴音の姿を撮影していたカメラに違いなかった。

琴音は助手席に手を伸ばし、それをしっかりと摑んだ。自分の無残な姿が録画されているはずのそれを、残しておきたくないという思いからだった。

琴音はカメラを胸に抱くようにして後部座席のドアをスライドさせ、辺りを見まわしてから車を降りた。

足元はひどく傷んだアスファルトだった。外の空気はひんやりとしていた。湿った土のにおいや、堆積した落ち葉のにおいがした。空気は澄んでいて、排気ガスのにおいはまったくしなかった。

車を降りた瞬間、バックミラーに自分の姿が映った。

その顔は見るも無残なことになっていた。泣き続けたためにアイラインが流れ落ち、頬に何本もの黒い筋ができていた。長時間にわたって口を犯され続けたせいで、ルージュは完全に剥げ落ちていた。強く張られた左の頬は形が変わるほど腫れ上がっていた。自慢の長い髪は縺《もつ》れ合ってボサボサだった。

たった今、降りた車はやはりあのミニバンで、琴音がいるのは細い山道だった。辺りでは夜の虫が盛んに鳴いていた。静かに風も吹いていた。

車を降りると、ルームライトを消すために琴音はすぐにドアを閉めた。股間から溢れた男たちの体液が、太腿の内側を不気味に伝っていくのがわかった。

12

月は見えなかったが、空には無数の星が瞬いていた。まるでプラネタリウムに来ているかのようだった。

だが、その星をのんびりと見上げていることなどできるはずはなかった。

逃げなければならなかった。一刻も早く、この場を離れるべきだった。けれど、どちらに向かって逃げればいいのか、とっさには判断ができなかった。

猛烈に疲れていた。歩くことどころか、立っていることさえ容易ではなかった。男性器を何度も突き入れられた膣と肛門が、絶え間ない痛みを発していた。

ミニバンが向いているのとは逆のほうに行こうと琴音が決めた時、少し離れたところから男たちの声が聞こえた。

琴音は震え上がり、心の中で悲鳴を上げながらも、すぐそばの藪に必死で歩み寄り、その藪の中にしゃがみ込んだ。ミニバンからわずか五メートルほどしか離れていない場所だったが、それ以外に選択肢はなかった。

息を殺し、耳を澄ます。男たちの声が少しずつ近づいてくる。震えまいとしても、体が激しく震える。

やがて、琴音が身を隠しているのとは反対側の藪の中から、三人の男が姿を現した。

男たちは全員が目を覆っていた仮面を外し、それぞれの手にスコップを握っていた。その姿を目にした瞬間、思わず悲鳴を上げてしまいそうになり、琴音は慌てて両手で口を強く押さえた。

「夜が明けてきたな。急ごう。明るくなる前に埋めちまおう」

頭上を見上げた日焼け男の『マイケル』が、ほかのふたりに言った。琴音の首を絞めた男だった。男はとてもハンサムで精悍な顔立ちをしていた。

「そうですね、ウスイさん。急いで埋めちゃいましょう」

『ジョン』が答えた。その男の顔はかなり神経質そうに見えた。

埋める？

琴音はまたしても震え上がった。

そう。彼らは死体となった琴音を土の中に埋めるつもりだったのだ。三人がスコップを持っているのは、琴音の墓穴を掘っていたからに違いなかった。

「ユウタ、女を車から引っ張り出せ」

『ウスイさん』と呼ばれた男が、色白の小太り男に命じた。「シンタロウも手伝ってやれ」

そう。『マイケル』はウスイ、『ジョン』はシンタロウ、そして、『イアン』はユウタという名のようだった。

ミニバンのドアを開けたのは色白の小太り男、ユウタだった。

「えっ？　いない。いないぞっ！　ウスイさん、いませんっ！　あの女がいませんっ！」

背後のふたりを振り向いたユウタが顔を引き攣《つ》らせ、叫ぶかのような大声で言った。夜明けの空気はひんやりとしているにもかかわらず、男の額では噴き出した汗が光っていた。辺りはかなり暗かったけれど、琴音にはそれがはっきりと見えた。

「いない？　そんなはずないだろう？」

ウスイがそう言いながら車に駆け寄り、シンタロウがそれに続いた。

「どうしていないんだ？　死んだんじゃなかったのか？　シンタロウ、お前、ちゃんと確認したんだよな？　あの女は確かに死んでいたんだよな？」

車内を確認したウスイが、咎《とが》めるような口調でシンタロウに言った。

「はい。あの……ちゃんと確認しました。確かに、あの……心臓は停止していました。あの……呼吸もありませんでした」

泣き顔になったシンタロウが、言い訳をするかのように言った。

「だったら、どうしていないんだ？　どうしてなんだっ！　お前は死人が歩いたとでも言うのか？」

怒りに顔を歪めたウスイが声を荒立てた。

「考えにくいことですが、あの……もしかしたら、あの……蘇生したのかもしれません」

おずおずとした口調でシンタロウが言った。

「蘇生だと？」

「はい。考えにくいことなんですが、あの……今はそれしか考えられません」

シンタロウの顔には困惑の表情が浮かんでいた。

「どうしましょう、ウスイさん？」

今度はユウタが口を開いた。その顔にも戸惑いの表情が表れていた。

「お前ら、馬鹿かっ！　探すしかないだろう。まだそんなに遠くには行っていないはずだ。絶対に見つけ出して、今度こそ確実に息の根を止めるんだ」

ひどく苛立った口調で、ほかのふたりにウスイが言った。

「もし、見つからなかったら……あの……俺たちはどうなるんでしょう？」

言いにくそうにユウタが言った。

「見つけるんだよっ、馬鹿野郎っ！　何が何でも見つけるんだっ！」

ウスイが大声で怒鳴《どな》った。「ユウタ、お前と俺は車に乗ってこっちを探す。シンタロウは歩いてあっちを探せ。女を見つけたら、すぐに電話で知らせろ。いや、その前に、藪の中に引き摺り込んで息の根を止めろっ！　今度は完全に殺せっ！　いいなっ！」

大声でそう言うと、ウスイがミニバンの助手席に乗り込み、それに続いてユウタが運転席に乗り込んだ。

すぐに車が走り始めた。残されたシンタロウは、車が走って行ったのとは別の方向に向かって足早に歩き出した。

## 13

琴音は体を丸めるようにして藪の中に蹲《うずくま》っていた。この場から離れたかったが、下手に動くと男たちに見つかってしまうかもしれなかった。

案の定、十分と経たないうちにあのミニバンが戻ってきた。ミニバンは琴音がいる藪の前を、かなりのスピードで走り抜けていった。おそらく、シンタロウのいる場所に向かっているのだろう。

琴音はその場から動かずにいた。吐き気を催すほどの恐怖を感じていたが、またあのミニバンが戻ってくるかもしれなかった。

間もなく夜が明けるようだった。空がうっすらと明るくなり始め、目を覚ました鳥たちの声があちらこちらから聞こえた。

そうするうちに一度だけ、目の前の道路を車が走ってきた。白いセダンだった。琴音は両手を挙げてそのセダンの前に飛び出すことも考えた。だが、その考えを実行に移す前に車は走り去ってしまった。

ここから逃げ出したいという衝動に何度も駆られた。だが、やはり琴音は動かなかった。

男たちの車が戻ってくるのを案じてのことだった。

思った通り、また十分ほどでミニバンが戻ってきた。ミニバンは琴音から十数メートルのところで停車して、またあの三人が車から降り立った。

辺りはかなり明るくなり始めていたから、琴音には男たちの顔がはっきりと見えた。

ウスイはやはり、精悍でハンサムな顔をしていた。シンタロウは神経質そうに見えたし、ユウタは人がよさそうにも感じられた。

男たちは辺りをしきりに見まわしながら、琴音のいるところに少しずつ近づいてきて、ほんの数メートルの場所で足を止めた。

琴音は震え上がった。恐怖のあまり、尿が漏れてしまいそうだった。

「畜生っ！　あの女、いったい全体、どこに行きやがったんだ」

ウスイが苛立った口調で言うのが聞こえた。

「そうですね。どこに行ったんでしょうね」

ウスイのすぐそばに立っているユウタが言った。人がよさそうなその顔には、極めて不安そうな表情が浮き上がっていた。

「ヒロセ、お前のせいだぞっ！　死んでいるのか、生きているのかも見分けがつかないなんて、お前、それでも医者なのかっ！」

怒りに顔を歪めたウスイが怒鳴った。男はシンタロウを初めて『ヒロセ』と呼んだ。

医者？　シンタロウという男は医者だったの？

息を殺して男たちを見つめながら琴音は思った。人の命を預かる職業に就いている人間が、あんなことをするとは信じられなかった。

「すみません。確かに、俺のせいです」

今にも消え入りそうなシンタロウの声が聞こえた。

「とにかく、もう一度、もっと広範囲に探そう。車に戻れ」

高圧的な口調でウスイが命じ、男たちは無言でミニバンに向かって歩き始めた。


男たちが乗り込むとすぐに、ミニバンは勢いよく走り出した。老夫婦に見える人たちが乗った軽ワゴンが走ってきたのは、そのミニバンが見えなくなった直後のことだった。

琴音は毛布を巻きつけただけの恰好で藪から飛び出すと、狭い道路の中央に立ち、無言のまま必死で両手を振りまわした。大声を出したかったが、そんなことをしたら、あの男たちに気づかれてしまうかもしれなかった。

軽ワゴンの運転席にいた老人がハッとした顔をした。琴音にはそれがよく見えた。

## 14

琴音のすぐそばで、ブレーキ音を響かせて軽ワゴンが急停止した。琴音はその車に夢中で駆け寄り、驚いた顔でこちらを見ている助手席の老婦人に「乗せてください。助けてください」と必死に訴えた。

老婦人は何も言わなかったが、何度も頷くのが見えた。琴音は夢中で車のドアを開き、その後部座席に飛び込むかのように乗り込んだ。ひんやりとした藪に長いこと蹲っていた琴音には、軽ワゴンの車内はとても暖かく感じられた。

「助けてください……わたし、男の人たちに追われているんです。見つけられたら殺されるんです。だから、早くここから離れてください」

琴音は必死で訴えた。

「殺されるって……」

運転席の老人が窮屈に首を捻って琴音を見つめた。皺《しわ》だらけのその顔には、驚きと戸惑いの表情が浮かんでいた。

「わたし、殺されかけたんです。見つかったら、今度こそ本当に殺されるんです」

「よくわからないが、とにかくここから離れよう」

そう言うと、老人がすぐに軽ワゴンを発進させた。

「お嬢さん、そんな恰好でどうしたの？　殺されるって……いったい何があったの？」

助手席の老婦人が体を捩るようにして背後の琴音を見つめた。

皺だらけで、いくつもの染みができている老婦人の顔を見つめて、琴音は言葉を返そうとした。だが、その前に急に涙が溢れ出てきた。

「いったん、家に戻ろう。そこでゆっくりと訳を聞こう」

ハンドルを握っている老人が言うのが聞こえた。

辺りは刻々と明るくなっていった。老夫婦は農業に携わっているようで、軽ワゴンの後部にはビニール袋に詰められた肥料のようなものが積み上げられていた。もしかしたら、畑へと向かうところだったのかもしれない。

「ありがとうございます。助かりました。ありがとうございます」

涙を流し続けながら、琴音はふたりに繰り返した。今の琴音にとって、ふたりはまさに神だった。

「これで涙を拭いて」

老婦人がタオル地のハンカチを琴音に差し出した。

「ありがとうございます」

そう言って琴音がハンカチを受け取った時、前方からヘッドライトを灯《とも》したミニバンが走って来るのが見えた。三人の男たちが乗った、あのミニバンのように見えた。凄まじい恐怖が甦り、琴音はとっさに上半身を伏せた。

「どうしたの、お嬢さん？」

老婦人の声が聞こえたが、琴音は体を起こさなかった。「あとで話します」と、小声で答えただけだった。

「追いかけてくる車はありませんか？」

体を伏せたまま琴音は訊いた。琴音に気づいたミニバンがUターンして追ってくるのではないかと思ったのだ。

「追って来る車？　うーん。特にはないみたいだな」

老人の声が聞こえた。

「本当ですか？」

「うん。大丈夫だ。誰も追いかけてこないよ」

殺されずに済んだ。生き延びたんだ。あしたからも生きていられるんだ。

大粒の涙を流し、体を絶え間なく震わせ続けながら琴音は思った。

# 二章

*Episode 2*

# 1

自分の足元に蹲っている全裸の女の柔らかな髪を、広瀬《ひろせ》慎太郎《しんたろう》は左手で乱暴に摑んだ。そして、その髪を力任せに引っ張り上げ、俯《うつむ》いていた女の顔を無理やり上げさせた。

「ああっ、痛いっ……やめてください……もうやめてください……」

慎太郎を見上げた女が顔を歪め、大粒の涙を流して訴えた。

臼井《うすい》純平《じゅんぺい》に気絶するほど強く張られたせいで、左の頰がひどく腫れ上がっていたが、泣きながら哀願している女の顔は今もとても美しかった。こんなにも美しい女を実際に目にしたのは、これが初めてのような気がした。それほど顔立ちが整っているというのに、冷たい感じはまったくせず、とても優しくて思いやりがありそうだった。

その女が実際に笑っている顔を見たことはなかったが、きっと笑顔はキスしたくなるほどチャーミングで可愛らしいのだろう。

その女の体には贅肉がまったくなく、薄い皮膚のすぐ下に筋肉が張り詰めているのが見て取れた。乳房は小さかったが、形がよくて美しかった。

続いて慎太郎は、女の顔のすぐ前にある自分の股間に目をやった。少し前にその女の体の中に体液を注ぎ入れたばかりだというのに、彼の股間ではどす黒い色をした男性器が再び強い硬直を開始していた。

「さあ、今度は俺のこれを咥えるんだ」

自分の性器を右手で握り締めて慎太郎は笑った。

「許して……もう許してください……」

髪を摑まれたままの女が、必死に顔を背けようとした。

「言われた通りにしろっ！　さもないと、ぶん殴るぞっ！」

臼井のセリフを真似てそう言うと、慎太郎は一段と固くなった男性器を女の唇に押しつけた。

ほんの数秒、女は怯え切った顔で慎太郎を見上げていた。だが、やがて瞼を閉じ、諦めたかのように小さな口をそっと開いた。白く揃った小粒な歯が見えた。

慎太郎は女のその口の中に、真上を向いていきり立っている男性器を深々と押し込んだ。

女が低く呻き、閉じた目からまた大粒の涙が流れ落ちた。

女が男性器を口に含むとすぐに、慎太郎は女の髪を両手でさらに強く摑み、整ったその顔を前後に打ち振らせた。

ルージュが剝げかかった女の唇から、唾液に塗《まみ》れて光る男性器が規則正しく出たり入ったりを繰り返すのが見えた。男性器に喉を突き上げられるたびに、女は唇の隙間から呻き声を漏らした。切なげに歪められたその顔は、言葉にできないほど官能的で、慎太郎の中に潜んでいた暴力的な感情を強く搔き立てた。

犯しているんだ。俺は今、こんなにも美しい素人の女を足元に跪《ひざまず》かせているんだ。こんなにも清純そうな女の口を、こんなにも乱暴に犯しているんだ。

そう思うと、強烈な快楽が全身に込み上げた。

女の唇と男性器が擦れ合うたびに、快楽の波が押し寄せた。それはまるで台風の時に、コンクリートの防波堤に打ち寄せる大波のようだった。

波は一回ごとに大きく、強く、激しくなっていき、やがて、ついに……防波堤を乗り越えた。

絶頂を迎えた瞬間、慎太郎は低く呻きながら身を震わせた。その直後に、男性器が不規則な痙攣を開始し、女の口の中におびただしい量の体液を放出した。

## 2

小川琴音は悲鳴を上げて目を覚ました。今また、男たちに凌辱されている夢を見てしまったのだ。

心臓が猛烈な速さで鼓動していた。短距離走をした時のように息も乱れていたし、目には涙も滲《にじ》んでいた。

暗がりに沈んだ天井を見つめて、琴音は両手で胸を押さえながら意識的に深呼吸を繰り返した。

ダメ……ダメ……思い出しちゃダメ。

いつもそうしているように、琴音は自分に言い聞かせた。

あの日から、三年近い年月がすぎ、琴音は二十五歳になっていた。だが、それほどの歳月が流れた今も、あの時の恐怖と苦痛が、実に頻繁に、実にリアルに……まるで、たった今、男たちに凌辱されているかのように生々しく甦り、琴音の心と体を苛《さいな》み続けていた。

サイドテーブルの時計に目をやると、時刻は午前三時になるところだった。

着替えをするために、琴音はゆっくりとベッドから出た。ひどい汗をかいていて、パジヤマがぐっしょりと濡れていたからだ。

ベッドを出た琴音はシェードランプを灯してから、その柔らかな光の中で汗を吸い込んだストライプ模様のパジャマを緩慢な動作で脱ぎ捨てた。

まだ全身が震え続けていた。皮膚にはびっしりと鳥肌が立っていた。

部屋の片隅にあるドレッサーに、パジャマを脱ぐ琴音の姿が映っていた。その体には今も贅肉と呼ぶべきものがほとんどなく、かつてと同じように引き締まっていた。

三年前までの琴音はその美しい顔や体を、密かに得意に感じていたものだった。だが今では、この美貌さえなかったら……と思うことも少なくなかった。

そう。その美しい顔と体が、琴音をあの地獄に引き摺り込んだのだ。

さっぱりしたパジャマに着替えると、琴音はシェードランプを消してからまたベッドに身を横たえた。

眠るのが怖かった。眠ったらまた、あの夢の続きを見てうなされてしまいそうだった。

あの日、琴音を助けてくれたのは、大橋《おおはし》という老夫婦だった。

命の恩人であるにもかかわらず、彼らにも琴音は多くを語らなかった。老夫婦の自宅で琴音がしたことは、体を震わせながら泣きじゃくることだけだった。

老夫婦は警察に通報しようと提案した。だが、琴音はそれを頑なに拒んだ。たとえ相手が警察官だとしても、何も話したくなかったのだ。

あの時のことを思い出すだけで、動悸が始まり、呼吸が乱れた。パニックにも似た感情が体の中で膨れ上がり、髪を掻きむしって叫び声を上げてしまいそうだった。

そんな琴音を憐れに思ったのか、老夫婦は警察についてそれ以上は言わず、湯を沸かして入浴をさせてくれた。

さらにふたりは、結婚して都内で暮らしているという娘の衣類を琴音に提供し、温かな食事を作って食べさせてくれた。それだけでなく、「返さなくていいからね」と言っていくばくかの現金を持たせて、あの軽ワゴンで最寄りの駅まで送ってくれもした。

老夫婦の妻は、実の母であるかのように、本当に優しく琴音に接してくれた。突如として目の前に現れ、迷惑をかけているだけの自分に、そんなにまでしてくれる老婦人の優しさに琴音は救われる気がした。

「ありがとうございます。お金は必ずお返しします」

琴音はそう言って、ふたりに深々と頭を下げた。

琴音が老夫婦と出会った場所は、伊豆《いず》半島の先端付近、下田《しもだ》の近くの山道のようだった。

だからきっと、あの男たちが琴音を凌辱したのは、そこからそんなに離れていないところだったのだろう。

あの日、琴音は自宅のマンションには戻らなかった。あの男たちは琴音の自宅を知っているはずだったから、戻るという選択肢はなかった。

老夫婦が送り届けてくれた駅のすぐそばには警察署があった。その警察署に駆け込んで、あの男たちに罪を償わせたい、という気持ちもないわけではなかった。琴音はビデオカメラを持ち出していたから、その映像は動かし難い証拠になるはずだった。

だが、何人もの警察官の前であの時のことを詳細に説明することになるのだと思うと……それだけでなく、あの時の様子を撮影した映像を、これから何人もが見ることになるのかと思うと、どうしても通報には踏み切れなかった。

## 3

あの日の午後遅く、老夫婦の娘のものだという長袖のTシャツと、真新しいジーンズを身につけた琴音は、老婦人から渡されたショルダーバッグに忌まわしいビデオカメラを入れ、茫然自失の状態のまま伊豆急下田駅から上りの電車に乗った。老夫婦の娘は琴音よりかなり体重があったようで、シャツもジーンズもぶかぶかだった。

ガラガラの電車に乗った琴音は、シートにもたれて窓の外をぼんやりと眺めた。

どこに行こうという当てはなかった。ただ、あの忌まわしい場所から少しでも離れたいと思っていただけだった。

とても天気がよかった。窓の外には傾き始めた太陽に照らされた、海辺の街の光景が広がっていた。それはとてものどかな眺めだった。けれど、今の琴音の目には、のどかなその景色も少しも美しいとは思えなかった。

フラッシュバックが襲いかかってきたのは、東京へと向かう東海道線に乗り換え、そのシートに蹲っている時だった。

何の前触れもなく、突如として、あの時のことが実に生々しく、実に鮮明に、琴音の脳裏に甦ってきた。それはまるで、たった今、あの男たちに力ずくで押さえ込まれて無理やり犯されているかのようだった。

「あっ……あっ……あああっ……」

琴音は思わず呻きを漏らした。同じ車両にいた乗客たちが、いっせいに自分のほうに視線を向けたのがわかった。

フラッシュバックは執拗に続いた。心臓が猛烈な速さで鼓動し、息が止まりかけ、目に映るすべてのものがぐるぐるとまわった。全身の皮膚から脂汗《あぶらあせ》が滲み出し、痙攣しているかのように体が激しく震えた。

ダメだ……苦しい……もう、ダメだ……わたしは死ぬんだ……。

そんなことを思っているうちに、目の前がどんどん暗くなり、何も聞こえなくなった。

意識を取り戻した時、琴音はベッドの上にいた。車内で意識を失っているところを、通報を受けた駅員たちに運び出されて、駅員室に連れてこられたようだった。

「大丈夫ですか？　間もなく、救急車が来ます」

琴音の顔を心配そうに覗き込んだ、若い女性駅員が尋ねた。

「あの……ここは？」

女性駅員に琴音は尋ねた。舌がひどく縺れていた。

彼女によると、琴音が意識を失っていたのは、ほんの少しの時間だということだった。

すぐに救急車がやってきた。

このまま病院に行きましょうという救命隊員の提案を丁寧に断り、琴音はベッドから体を起こした。

「ちょっと眩暈がしただけなんです。よくあることなんです。面倒をおかけしてしまって、申し訳ありません」

琴音はそう言ってベッドから降りた。

「本当に大丈夫ですか？」

琴音の体を支えながら、女性駅員が優しい口調で訊いた。

「はい。大丈夫です」

心配そうな顔をしている救命隊員と駅員に、深く頭を下げて琴音は駅員室をあとにした。

そして、再びプラットフォームに向かうことはせず、『南口』と掲示が出ている改札口から駅の外に出た。


琴音がいるのは、湘南《しょうなん》海岸沿いにある街で、プロサッカーチームのホームタウンのようだった。その街の名前は知っていた。けれど、訪れたことはなかった。

駅を出た琴音は、ビデオカメラの入ったショルダーバッグを提げ、海のある南の方角に向かって、おぼつかない足取りで歩き始めた。琴音が履いているのは大橋夫妻の娘のスニーカーで、琴音の足にはかなり大きかった。

辺りは住宅街で、高い建物があまりないせいか、空がとても広く感じられた。駅から海に向かって、とても幅の広い道がまっすぐに延びていた。都内に比べると、歩道も広々としていた。

太陽はさらに西に傾いていた。ふらふらと歩き続ける琴音の足元に、自分の影が長く伸びていた。

海を渡った生暖かい風が吹いているせいで、辺りには潮の香りが濃密に立ち込めていた。歩き続けるうちに、その香りはどんどん強くなっていった。

途中で喉の渇きを覚えた琴音は、すぐ脇にあった自動販売機でペットボトルに入った冷たいミネラルウォーターを買って飲んだ。

やがて、琴音の視界に、前方にひろがる松の防砂林が飛び込んできた。その防砂林の隙間から、夏の夕日に照らされて黄金色に輝く湘南の海も見えた。

卵から孵化《ふか》したばかりの海亀の子が本能的に海へと向かっていくように、琴音もまた、海に惹きつけられるかのように歩き続けた。

間もなく夕暮れ時だというのに、砂浜には今もいくつものテントやビーチパラソルが立ち並び、大勢の海水浴客が戯《たわむ》れていた。

彼らの多くが笑っていた。叫ぶような子供たちの声が絶え間なく耳に飛び込んできた。

暑かった。琴音の額には汗が滲んでいた。大粒の汗が腹部を流れ落ちていくのも感じられた。

砂浜に着くと、琴音は防砂林の木陰にしゃがみ込み、夕陽に照らされている海を眺め、絶え間なく打ち寄せる波の音を聞いた。吹き抜ける風が、汗ばんだ体を少しずつ冷やしていった。

「わたし……もう……ダメかもしれない……」

誰にともなく琴音は呟いた。そして、その瞬間、自分はもう、本当にダメなのだと確信した。

大橋夫妻の車に乗り込んだ時、琴音は『助かった』『生き延びた』と思って安堵した。また日常に戻ることができると思っていたのだ。

だが、それは違っていたようだった。

ある意味では、あの地下の密室で琴音は本当に殺されたのだ。仔犬みたいに元気で、明るくて、生き生きとしていた琴音は……キラキラと光り輝いていた琴音は、もはやこの世から消え失せてしまったのだ。

## 4

西の山の向こうに日が沈み、辺りには夕闇が漂い始めた。海辺で戯れる人もほとんどなくなった。

琴音は立ち上がり、海岸沿いに西に向かって歩いた。乾いた砂がぶかぶかのスニーカーに入ってきて、とても歩きにくかった。

ダメなんだ……わたしはもう、ダメなんだ……わたしはあの人たちに、穢《けが》されてしまったんだ……もう、元には戻れないんだ……。

そんなことを思いながら、琴音はなおも歩き続けた。

辺りは急激に暗くなっていった。いつの間にか、砂浜には人の姿がすっかり消えていた。遥か遠くに犬の散歩をしている人の姿が小さく見えただけだった。

琴音は足を止めると、息苦しくなるほどの絶望感に支配されながら、大きな音を立てて砂浜に打ち寄せ続けている波を見つめた。

左の方向に江ノ島の灯台らしきものが見えた。灯台は規則正しい間隔で、強い光を投げかけていた。

頭上ではいくつかの星が瞬いていた。細い月が浮かんでいるのも見えた。

いったい、どのくらいのあいだ、砂浜に佇んでいたのだろう。

やがて、琴音はショルダーバッグを砂浜に落とし、吸い込まれて行くかのように海に向かって歩き始めた。

打ち寄せる波がスニーカーを濡らし、ジーンズの裾を濡らし、膝の部分を濡らした。

琴音は沖に向かって歩き続けた。

背後から腕を掴まれたのは、打ち寄せる波が太腿を濡らし、腰を濡らし始めた時だった。

「ダメだよっ！」

女の大きな声が聞こえ、琴音は反射的に振り向いた。

琴音の腕を掴んでいたのは、男のように髪を短く刈り込んだ女だった。

「離してくださいっ！　放っておいてくださいっ！」

琴音はヒステリックな声を上げた。余計なことをするその女が憎かった。

その瞬間、女が無言のまま琴音を自分のほうに、ぐいっと引き寄せた。その力があまりにも強くて、琴音には抗うことができなかった。

「放っておいてくださいっ！　放っておいてくださいっ！」

琴音はなおも、ヒステリックに繰り返した。

「馬鹿なことをするんじゃないよっ！」

次の瞬間、女が琴音を高々と抱き上げた。女は沖へと向かおうとする波の力に逆らって、砂浜へと向かって歩き始めた。

たった今まで死ぬつもりでいたのに、琴音はなぜか女の首にしがみついていた。女の首はとても太くて短かった。

琴音の自殺を阻止した女は白石景子《しらいしけいこ》と名乗った。年は四十代の前半のように見えた。女は目が小さく、鼻が低く、美人という言葉とはかけ離れた容姿だったが、いつまでも見ていたくなるような、とても優しそうな顔をしていた。

琴音も彼女もびしょ濡れだった。

「訳はあとで聞く。とにかく、わたしの家に行こう」

琴音を横抱きにしたまま強い口調で女が言い、琴音は意味もなく涙を流しながら無言で頷いた。

## 5

白石景子は海岸から二キロほどのところにあるマンションに暮らしていた。

その部屋で琴音は景子と交代でシャワーを浴び、彼女のものらしいぶかぶかの衣類を身につけた。そして、リビングルームのテーブルで向き合い、彼女が淹れてくれた熱い紅茶を飲んだ。

白石景子は二十二歳だった琴音より十五歳年上の三十七歳だった。景子はとても大柄で、がっちりとした体つきをしていた。琴音を抱き上げてくれたその腕は丸太のように太かったし、指もとても太かった。プロレスラーのようにも見えたが、彼女はその部屋でウェブデザインの仕事をしているということだった。

「小川さん、無理にとは言わないけど、訳を話してくれる?」

飲み終えた紅茶のカップを琴音が置くのを待って、優しげな笑みを浮かべた景子が静かな口調でそう言った。

女が名乗ったので、琴音も彼女に本名を教えていた。

あまりにもショッキングな出来事が起こりすぎて、今は何も言いたくなかった。何も考えたくなかった。

それでも、琴音は出会ったばかりのその女に、自分の身に起きたことを、包み隠さず、できるだけ正確に伝えようとした。彼女は命の恩人なのだから、そうするべきだと思ったのだ。

「実は、わたし……あの……三人の男の人たちに……」

そこまで言ったところで、また何の前触れもなく、急に発作が始まった。男たちのひとりが……『イアン』と呼ばれていた色白の小太り男が、全裸の琴音を俯せに押さえ込み、いきり立った男性器を肛門に力ずくで捩じ込んできた時のことを……あの時の恥辱と恐怖と激痛を、ありありと……まるでたった今のことのように思い出してしまったのだ。

過呼吸の発作が始まり、視野が急激に狭くなった。目の前が暗くなり、呼吸がほとんどできなくなり、琴音は胸を押さえて喘ぎ悶えた。

「どうしたの？　大丈夫？」

テーブルの向かいに座っていた景子が慌てて立ち上がり、素早く琴音に駆け寄った。そして、その太い腕で琴音の体を優しく抱き締めながら、「大丈夫よ……大丈夫よ……」と繰り返し語りかけた。

死ぬかと思うほどの苦しみに悶絶しながらも、琴音はその声をはっきりと聞いた。

「大丈夫よ……大丈夫……大丈夫……」

琴音を抱き締めたまま、景子が執拗に繰り返した。

その言葉が耳に入ってくるたびに、発作は徐々に治まっていった。それはまるで特効薬を投与されたかのようだった。

一分ほどで発作は治まった。

琴音は意識的に深い呼吸を繰り返しながら、心配そうにしている景子の顔を見つめた。

「治まったね。よかった」

景子がにっこりと微笑《ほほえ》んだ。

琴音は涙を流しながら、女を見つめて何度も頷いた。


そして、琴音はそれを口にした。大粒の涙をとめどなく流し、口の端から涎まで溢れさせながら、自分に襲いかかってきた恐ろしい出来事を話し始めた。

「わたし……わたし……ひどいことをされたんです……三人の男の人に力ずくで車に押し込まれて……どこかの地下室に連れて行かれて……そこで無理やり裸にされて……」

琴音は話した。あの時のことを、顔をぶるぶると震わせながら必死で話した。

景子は心配そうに顔を歪めて、何度も頷きながら琴音の話に耳を傾けていた。

琴音は言葉を続けた。自分に襲いかかってきたとてつもない試練を、女に向かって必死で打ち明け続けた。

言葉は次々と出てきた。言葉の数々を吐き出すことで、神に懺悔でもしているかのように、琴音は自分が解放されていくように感じた。

出会ったばかりで、見ず知らずと言ってもいい景子に、なぜ、そんなことを打ち明けているのか、琴音自身にもよくわからなかった。それでも、口を閉じることができなかった。すぐ脇で心配そうに自分を見つめている女に、すべてを打ち明けてしまいたかった。そして、次にその女の口から出るだろう自分への言葉を、どうしても聞かせてもらいたかった。

その言葉が聞けたら、世界が変わるような気がしたのだ。

そんなふうにして、琴音はとても長い時間をかけて、すべての出来事を白石景子に打ち明けた。

長い話をようやく終えると、琴音は景子の言葉を待って、のっぺりとした女の顔をじっと見つめた。

数秒の沈黙のあとで女の口から出たのは、琴音が期待していた通りの言葉だった。

「大丈夫だよ。わたしが守る。わたしが琴音さんを守る。だから、大丈夫だよ……大丈夫だよ……」

その言葉を耳にした瞬間、全世界が変わった。真っ暗だった空間に光が差し込み、色のなかった世界に鮮やかな色彩が甦った。

「大丈夫だよ。わたしが守る。わたしが琴音さんを守る。だから、大丈夫だよ、琴音さん……大丈夫だよ……大丈夫だよ……」

琴音を見つめて、女が同じ言葉を繰り返した。

6

随分とあとになって、琴音は景子に訊いたことがあった。

「ねえ、あの時、会ったばかりのわたしに、どうしてあんなことを言ったの?」

すると、景子はすぐにこう答えた。

「一目惚れだよ。どうしても守ってあげたいと思ったんだよ」

あの日、景子は浜辺をジョギングしている途中で、茫然と砂浜を歩いている琴音を、偶然、目にしたのだという。その時、琴音があまりにも思い詰めた顔をしていたから、景子は遠くからしばらく様子を見ていたらしかった。そして、砂浜をさまようかのように歩いていた琴音が入水自殺をしようとした瞬間に飛び出し、海の中から力ずくで引き摺り出したということだった。

あれから三年近くの歳月が流れた今でも、琴音は頻繁にあの時の景子の「大丈夫だよ」という言葉を耳に甦らせる。そして、その言葉を思い出すたびに、体の中に強い安堵感が広がるのをはっきりと感じる。

光あれ。

琴音にとっての景子は、まさに光だった。

命を助けてもらったあの日から、琴音は白石景子のマンションで暮らし始めた。琴音が住んでいたマンションは、景子が引っ越し業者に頼んで引き払い、家具や電化製品などは処分してもらった。

いつもすぐそばに景子がいてくれるのはありがたかった。もし、彼女と出会わなければ……そう考えると、身震いするほどの恐怖感に見舞われた。

けれど、何もかもが元通りというわけにはいかなかった。いや、元通りになったものは何ひとつなかった。

景子と一緒に暮らすようになってすぐに、琴音は所属していたプロダクションに電話を入れてモデルの仕事を辞めると伝えた。社長はひどく驚き、理由を聞かせてほしいと言った。

けれど、琴音は「できません」「辞めさせてください」「許してください」と、声を震わせて繰り返しただけだった。

琴音は化粧をいっさいしなくなった。肌を露出する衣類も、ピアスや指輪やネックレスもいっさい身につけなくなった。長かった自慢の髪も景子にバッサリと切ってもらった。大学も辞めてしまうつもりだった。

誰からも見られたくなかった。男にも女にも見られたくなかった。大勢の人に美しいと言われるこの容姿が、琴音を地獄に突き落としたのだから。

景子は余計なことを何も言わなかった。そして、琴音がフラッシュバックの発作に見舞われるたびに、「大丈夫だよ」と繰り返しながら、強く抱き締めてくれた。

景子の「大丈夫だよ」は、琴音にとって魔法の呪文だった。

両親には電話で湘南地区に引っ越しをしたことを伝え、新しい住所と新しく購入したスマートフォンの番号を教えた。

『何かあったの？』

心配そうに母が尋ねた。

「うん。いろいろとあったんだけど、今はもう大丈夫。年末にはそっちに帰るから、心配しなくていいよ」

優しそうな母の顔を思い浮かべながら、琴音は努めて明るい声で言った。

琴音は生きると決めた。応援してくれる景子のためにも、死ぬべきではなかった。

だが、必死で前を向こうとしていたそんな琴音に、さらなる試練が襲いかかってきた。

予定日をすぎても生理が訪れなかったのだ。

琴音は景子に頼んで簡易妊娠検査薬を購入してもらい、さっそくそれを使ってみた。

結果は陽性だった。あの三人の誰かの子を孕《はら》んでしまったのだ。

琴音は悲鳴を上げて身を震わせた。

自分の子宮の中に、あの男たちの血を受け継いだ生命体がいる。そう考えるだけで、吐き気が込み上げ、琴音はトイレに駆け込んで嘔吐した。

「もし産むなら、わたしが一緒に育てる。だから、琴音のしたいようにすればいい」

涙ぐんでいる琴音を優しい眼差しで見つめて、景子は穏やかな口調でそう言った。

だが、やはり、『あの三人の誰かの子を産む』という選択肢はあり得なかった。

その数日後、琴音は景子に付き添われて産婦人科のクリニックに行き、そこでお腹の子を中絶した。

自分の意思で、お腹の子を殺した。

あれから三年近くがすぎた今も、その心の傷は癒えなかった。それどころか、時間の経過とともに、その傷はひどくなっていくかのようだった。

あの三人は憎かった。けれど、殺された子に罪はないはずだった。

そう。あの時、中絶した子は、間違いなく琴音の息子か娘だったのだ。

## 7

またあの悪夢にうなされ、汗に塗れて目を覚ました時には、もう眠りたくないと思った。

だが、いつの間にか、再び眠りに落ちてしまったようだった。次に目覚めた時には、遮光カーテンの隙間から差し込んだ朝日が、フローリングの床を細長く照らしていた。

幸いなことに、あのあとはもう悪夢は見なかった。

目が覚めてからも琴音はベッドの中で五分ほど天井を見つめていた。だが、やがてゆっくりと上半身を起こし、あくびをしながら天井に向かって腕を突き上げた。

涙の滲む目を手の甲で擦りながらベッドから出る。窓辺に歩み寄り、静かにカーテンを開ける。

その瞬間、強い朝日が部屋の奥深くにまで差し込み、琴音は思わず目の上に手をかざし、眩しさに瞬きを繰り返した。

ここ数日と同じように、きょうもいい天気だった。眼下に広がる公園の木々の葉が、照りつける六月の朝の日差しに輝いていた。

琴音は大きなガラスの窓を開け、パジャマ姿のままベランダへと出た。

南に位置する海のほうから、穏やかな風が吹いている。仄《ほの》かに潮の香りのするその風が、ベリーショートにカットした髪を靡《なび》かせる。

マンションのすぐ前には木々の生い茂る大きな公園があって、そこでたくさんの鳥たちが鳴いている。マンションのすぐ向かいに植えられた巨大なヒマラヤシーダーに邪魔されて姿は見えないけれど、公園で遊んでいるらしい幼い子供たちの声もする。

間もなく梅雨入りのはずだったが、六月になってからも晴れて気温の高い日が続いていた。予報ではきょうの湘南地区は夜まで晴天で、最高気温が二十五度を超えるようだった。

　琴音が暮らしているのは、湘南海岸から直線距離で二キロほどのところに建てられた築四半世紀のマンションの十階の一室だった。この部屋は景子の住居であると同時に、彼女の仕事部屋でもあった。

　あの忌まわしい日から、琴音の時間は止まったままだった。けれど、あれからすでに三年近くの歳月が流れ、二十二歳だった琴音は二十五歳になっていた。

　今の琴音は景子以外の人とはほとんど話をしなかった。かつての友人たちとは完全に縁を切っていた。

　男たちが実家を訪ねてくるのではないかという不安もあったが、お盆と正月には帰省をした。その時にはできるだけ明るく振る舞った。

　琴音は両親に、大学もモデルも辞めて、今は先輩の会社でウェブデザインの仕事をしていると言ってあった。

　そのことに対して、両親は何かを言いたそうだった。特に父は、琴音がモデルとして活躍していることを、得意に思っていたらしかった。

　だが、父も母も琴音に指図をするようなことはなかった。

　もちろん、あの忌まわしい出来事は、ふたりに伝えていなかった。

「そばにいてくれるだけでいいのよ」

そんな景子の言葉に甘えて、ここに来たばかりの頃の琴音は主に家事だけをしていた。だが、今は琴音もパソコンを使いこなし、景子の右腕として働いていた。

眼下に広がる公園をしばらく見下ろしてから室内に戻る。寝乱れたベッドを丁寧に整える。そして、パジャマから部屋着に着替えて部屋を出ると、すぐ隣にあるダイニングキッチンへと向かった。

そこでは琴音より一足早く起きた景子が、いつものようにコーヒーを淹れていた。そんな彼女に、琴音は笑顔で「おはよう、景子さん」と声をかけた。

「おはよう、琴音」

景子が笑みを浮かべ、大きな声で答えた。

「どう、よく眠れた？」

サイフォンのコーヒーをふたつのカップに注ぎ入れながら景子が訊いた。

琴音はまた悪夢を見たことを言おうかと思った。だが、そうはせず、「うん。よく眠れた」と言ってまた微笑んだ。

きょうも気温が高くなりそうなので、琴音は白い長袖のTシャツに、擦り切れたジーンズという恰好をしていた。

景子のほうはグレーのスエットの上下を身につけていた。それが彼女のパジャマ兼部屋着だった。

8

いつものようにその朝も、琴音は景子が淹れてくれたコーヒーを啜《すす》りながら、キッチンに立って慌ただしく朝食の支度をした。

景子には料理をする習慣がないということで、かつてはいつも外食か、コンビニエンスストアやスーパーマーケットの弁当や惣菜などで済ませていたという。けれど、今では一日に三度、琴音がメニューを考え、ふたり分の食事を作っていた。

いつものように、今朝も朝食は和風のメニューだった。雑穀を入れた炊き立てのご飯、鰹節で丁寧に出汁《だし》を取った味噌汁、納豆、めかぶ、焼き海苔、生卵、おろし大根、それに地元で採れた魚の干物を焼いた。

朝だけではなく、昼食も夕食も、食材は野菜と魚介が中心で、肉を使った料理はめったに作らなかった。

バレリーナだった母がそうだったように、かつての琴音は食事にはひどく気を遣っていた。ジャンクフードと呼ばれるようなものは口にしなかったし、友人たちに誘われてファストフード店やファミリーレストランに行った時も、注文するものには細心の注意を払っていた。

今はもう、体型を気にする必要はなかった。けれど、自暴自棄になって食生活を変えるようなことはしなかった。

琴音がキッチンで食事の支度をしているあいだ、景子はすぐそこのテーブルに置いたパソコンで新聞を読んでいた。毎朝、三社の朝刊に目を通すのが景子の日常だった。

朝食の準備が済むと、明るくて広々としたダイニングキッチンで、いつものように琴音は景子とテーブルに向き合ってそれを食べた。

大柄で筋肉質な景子は極めて食欲が旺盛で、いつも琴音が呆れるほどたくさんの量を食べた。そんな景子のために、琴音は毎朝、四合もの米を炊いていた。

その部屋の窓からも公園がよく見えた。今朝は窓が全開になっていて、潮の香りを含んだ風と一緒に鳥の声が盛んに飛び込んできた。その公園は近所の保育園児の遊び場にもなっていて、子供たちの叫ぶような声もよく聞こえた。

「ねえ、琴音。きょうはお昼にラーメンを食べに行こうよ。豚骨醤油《とんこつしょうゆ》のこってりとしたラーメンが食べたい気分なの。いいでしょう？」

鯵の干物を箸でほぐしながら景子が琴音を見つめた。

「ラーメン？　却下します」

琴音は睨むような目つきで景子を見つめ返した。

「たまにはいいじゃない？　お昼はラーメンにしようよ」

景子が唇を尖らせて食い下がった。だが、その顔には優しい笑みが浮かんでいた。

「ラーメンはダメだよ。塩分が多いし、脂っこいから、また血圧が上がっちゃうよ」

箸を動かす手を止めて、琴音はきっぱりとした口調で答えた。

ふたりで暮らすようになって三年近くがすぎた今も、景子は「たまにはピザやハンバーガーも食べたい」とか、「お好み焼きや豚の生姜《しょうが》焼きや、味の濃い唐揚げが食べたい」とか、「ステーキやハンバーグを食べたい」などと、しばしば琴音に訴えた。けれど、その訴えに琴音が応じることはめったになかった。

かつての景子は高血圧で、中性脂肪やコレステロールの数値が高かったらしい。だが、琴音の作った食事を口にするようになってからは、それらのすべての数値が改善した。そんなこともあって、今では琴音の考えるメニューに景子が文句を言うことは少なくなっていた。

だが、今朝の景子は簡単には引き下がらなかった。

「それはわかってるけど、でも、たまにはラーメンが食べたいよ。どうしても食べたいの。めったに食べないんだから、時にはご褒美も欲しいよ。ラーメン屋に行ったら、餃子と炒飯も食べたい。ラーメンには煮卵と焼豚も追加したい」

縋《すが》るような顔をして、景子が琴音を見つめた。自分より十五歳も年上だったが、琴音はその表情を可愛いと感じた。

「しかたないわね。それじゃあ、きょうだけは景子さんのリクエストに応えることにするよ」

「わーい！　嬉しいっ！」

「でも、きょうだけよ。それから、ラーメンのスープは全部飲んじゃダメよ。それが条件。いいわね？」

そう言うと、琴音はまた箸を動かし始めた。

「お昼が楽しみだな。おかわりちょうだい」

満面の笑みを浮かべて言うと、景子が空《から》になった茶碗を琴音のほうに差し出した。

「景子さんって、本当に食べるのね。今さらながら驚くわ」

琴音は苦笑いを浮かべて茶碗を受け取り、立ち上がって炊飯器へと向かった。

## 9

白石景子は小学生の頃から柔道をしていて、ずっとオリンピックを目指していたのだという。

試合中に大怪我をしたのは、その夢にあと少しで手が届くかもしれないという時のことだった。

景子は治療とリハビリに専念した。治したくて必死だった。

「頑張ったんだよ。本当に、必死で頑張った。でも、もうオリンピックを目指せるような体には戻れなかった。それでもう柔道のことはきっぱりと忘れて、別のことをしようと思ったんだ」

一緒に暮らし始めたばかりの頃に、琴音は景子からそんな話を聞かされたことがあった。

「簡単に諦められたの？」

あの時、琴音はそう訊いた。プロのバレリーナになることを諦めた自分と景子がよく似ているように思われたから。

「簡単じゃなかった。子供の頃からの夢だったからね。でも、叶わない夢にいつまでもしがみついているわけにはいかないよね？　だから、諦めた」

景子は笑顔でそう答えた。彼女もまた、琴音がバレエ団で踊る夢を諦めたことを知っていた。

オリンピックの夢を捨てた景子は都内のデザイン専門学校に進学し、卒業後はウェブデザイナーとして都内の会社に勤務していた。だが、五年ほど前にその会社を辞め、今はフリーで同じような仕事をしていた。フリーになったばかりの頃はなかなかうまくいかなかったというが、今は大口の顧客もついて仕事は順調なようだった。

「柔道家とウェブデザイナーって……何だか、かけ離れてるみたいな気がするけど」

いつだったか、琴音はそう言ったことがあった。

すると、景子は「かけ離れてなんかいないよ。どっちも好きなことだからね」と言って楽しそうに笑った。

その言葉に琴音も笑顔で頷いた。そして、その後は自分から申し出て、景子の仕事を手伝わせてもらうようになった。

丁寧で熱心な景子の指導を受けたおかげで、機械音痴だった琴音も、今ではパソコンのスキルがかなり高くなっていた。

出会ってすぐに、自分は同性愛者なのだと景子から聞かされていた。かつて年下の女性と一緒に暮らしていたこともあったと聞いていた。

琴音の知る限りでは、周りに同性愛者はいなかった。けれど、琴音は驚かなかった。いろいろな人がいていいと思っていたから。

景子が自分に性的な感情のようなものを抱いていることは、何となく感じていた。だが、景子がするのは、フラッシュバックに見舞われた琴音の体を優しく抱き締めてくれることだけだった。

## 10

朝食が済むとすぐに、景子は八畳ほどの広さの洋室で数台のデスクトップ型パソコンに向かって仕事を始めた。月に何度か、都内やその近郊に打ち合わせに行くこともあったが、景子はたいていそこに籠《こも》って仕事をしていた。

手伝って欲しいと景子に言われた時にはそうするが、今朝はその必要はないようだった。それで琴音はいつものように、使い終わった食器を食洗機に納め、洗濯機を作動させた。その後は、部屋やトイレや浴室の掃除をし、ベランダに出て洗濯物を干し、キッチンに立って夕食の下拵えをした。今夜は野菜中心のイタリアンにするつもりだった。

フラッシュバックと、それに伴う激しい発作が襲いかかってきたのは、キッチンでズッキーニを切っている時だった。

いったい、人の脳はどんな仕組みになっているのだろう？

まな板に載せた緑色のズッキーニに包丁を入れていると、あの時のことが急に、実にリアルに、実に生々しく脳裏に甦ってきた。

琴音は思わず「あっ」と声をあげ、必死で頭の中を空っぽにしようとした。けれど、それは無駄な努力に終わった。

三人の男たちのひとり、痩せた男に髪を鷲掴みにされ、硬直した巨大な男性器を口に深々と押し込まれていた時のことが……男の手で顔を前後に振り動かされ、男性器で喉を執拗に突き上げられていた時のことが……口の中に放出されたドロリとした体液を飲み下すよう、命じられた時のことが……さらにもっと多くのことが、まるでたった今その男に口を犯されているかのように、次から次へとものすごい勢いで頭の中に甦り続けた。

「いやっ！　いやーっ！　いやーっ！」

凄まじいパニックに見舞われ、琴音は手にしていた包丁を放り出して悲鳴をあげた。猛烈な過呼吸が始まり、視野が急速に狭くなり、目の前がどんどん暗くなり、今にも意識を失ってしまいそうだった。

こうなると、待ち受けているのは苦しみだけだった。

琴音はキッチンに蹲った。さらには、ガクガクと痙攣しながら床を転げまわって悶絶した。このまま息が止まって死んでしまいそうだった。

これほど激しい症状が出るのは、本当に久しぶりのことだった。

「どうしたの、琴音っ！　しっかりしてっ！」

キッチンに駆け込んできた景子が、そう呼びかけながら琴音の体を抱き起こした。

だが、失神しかけていた琴音には返事をするどころか、景子の顔を見ることすらできなかった。

「大丈夫よ、琴音……大丈夫よ……大丈夫……大丈夫……大丈夫……大丈夫……」

景子の声が何度となく聞こえた。体が抱き締められるのも感じた。

その魔法の呪文によって、呼吸が落ち着き始め、視野が少しずつ広くなり、目の前が徐々に明るくなっていった。

そう。地獄の苦しみは去りつつあるのだ。

五分ほどで琴音は普通に呼吸ができるまでに回復した。けれど、全身の震えはなかなか治まらなかった。

怖かった。あのまま死んでしまうのではないかとさえ感じたほどだった。

「もう、いや……こんなこと……こんなこと……もう耐えられない……」

床に蹲ったまま、声をひどく震わせて琴音は言った。大粒の涙が溢れ続けているために、すぐそこにある景子の顔がひどく霞《かす》んで見えた。

景子は琴音のすぐそばにしゃがみ込み、ティッシュペーパーで琴音の涙を拭いながら無言で頷いていた。これほどひどい症状の琴音を見るのは、景子にとっても久しぶりのはずだった。

「景子さん、わたし……もう死にたい……やっぱり死にたい……もう生きていたくない……死にたい……死にたい……」

呻くように琴音は繰り返した。口から涎が溢れるのがわかった。

景子はまた何度も頷きながら、琴音の頭をゆっくりと撫でた。

やがて景子が口を開いた。

「琴音。男たちに復讐しよう。わたしが協力する」

それは琴音が考えてもいなかった言葉だった。

「ふく……しゅう……」

すぐ前にある景子の顔に視線を向け、琴音はその言葉を呟くように繰り返した。

「そうだよ。復讐するんだよ。そうすれば……琴音はこの苦しみから逃れられるかもしれない」

琴音を見つめた景子が、言葉を選ぶようにして言った。

「そうなのかな？　もしも……復讐を成し遂げたら……こんな苦しみは、もうなくなるのかな？」

床に視線を落とし、やはり呟くように琴音はそう口にした。

もうあの男たちにはかかわりたくなかったし、思い出したくなかった。それでも、復讐をすることで、この地獄から這い出すことができるのなら……そして、SNSで見ているような日常の世界に、自分も行くことができるのなら……それも選択肢のひとつであるかのように思われた。

「復讐したら琴音が救われるのかどうか……それは、わたしにもわからない。でも……何か行動を起こすべきだと思うの。逃げてばかりいないで……立ち向かうべきだと思うの」

俯き続けている琴音に、やはり言葉を選ぶようにして景子が言った。

「でも、相手もわからないのに……どうやって……復讐するの？」

顔を俯かせたまま、独り言のように琴音は呟いた。

「相手はわかるよ」

しっかりとした口調で景子が言った。

その言葉に、琴音は思わず「えっ」と言って顔を上げた。

景子は今も、琴音をまっすぐに見つめ続けていた。

「今まで言わなかったけど……ひとりはもうわかってるんだ。大学病院に勤務する消化器外科の医者だよ」

景子が言い、琴音はその顔をぼんやりと見つめた。

## 11

日焼けしたハンサムな男が『ウスイさん』と呼ばれていたことを琴音は覚えていた。神経質そうな男が『シンタロウ』で、色白の小太り男が『ユウタ』と呼ばれていたことも覚えていた。それだけではなく、『ウスイさん』が『シンタロウ』のことを、『ヒロセ』と呼んだことも覚えていた。

そう。どんな漢字を書くのかはわからなかったが、神経質そうな痩せ男の名はおそらく、『ヒロセ・シンタロウ』なのだ。

そのことを、随分と前に、たった一度だけ、琴音は景子に伝えたことがあった。

あの時、景子はたいして関心がないような顔をしていた。けれど、琴音には何も言わずに男について調べたらしかった。

琴音は一度も見ていなかったが、景子はあのビデオカメラに収められていた映像を何度か見ているようだった。

「その男、簡単に見つかったよ。本当はすぐに、琴音に伝えようと思ったんだけど……でも、まだその時じゃないと思って……それで言わずにいたんだ」

琴音を見つめて景子が言った。その顔は怖いほどに真剣だった。

ふたりは今、ふだん景子が仕事部屋として使っている部屋にいて、細長い机の上に並べられた三台の大型のデスクトップ型のパソコンのうちの一台を見つめていた。そのパソコンの画面には、都内にある大学病院の公式ウェブサイトが映し出されていた。

太くて短い指で景子がカーソルを器用に動かし続け、パソコンの画面が次々と変わっていった。景子は今、その大学病院の消化器外科のサイトにアクセスしていた。

琴音は恐怖に近い感情を抱えながら、その画面に視線を向け続けていた。

間もなく、あのおぞましい顔が、このパソコンの画面に現れるのだ。二度と見たくなかったあの顔を、これからまた目にすることになるのだ。

そう考えると、強烈な吐き気が込み上げてきた。

やがて、ついにその瞬間が訪れた。

琴音は思わず口を押さえて悲鳴をあげた。

白衣を身につけた写真の男は、琴音の記憶よりいくつか年を取っていた。あの時は眼鏡をかけていなかったが、今は縁のない眼鏡をかけていて、薄い唇のあいだから白い歯を見せて笑っていた。

それはその大学病院の消化器外科に在籍している医師の紹介をしているページで、ほかにも十人ほどの男女の医師の写真が並んでいた。

「この男だよね？」

景子が琴音に顔を向けて訊いた。

琴音は男の顔を見つめ、奥歯を強く噛み締めて頷いた。

体が激しく震え続けていた。口の中はカラカラで、掌が脂汗でひどくベタついていた。

男の写真のすぐ下に、『広瀬慎太郎』という文字が並んでいた。

「よし。まず、この男に復讐しよう」

宣言するかのように景子が言い、琴音は震え続けながら景子に視線を向けた。

「復讐って、あの……どうするの？」

「それはこれから考える」

その言葉に、琴音は顎を引くようにして小さく頷いた。

「覚悟しておけ。ただじゃ済まないからな」

すぐ脇から絞り出すかのような声が聞こえ、琴音は景子の顔を見た。

パソコンに向けられたその横顔は、怒りと憎しみに歪んでいた。

## 12

広瀬慎太郎は医師専用の休憩室にいた。白衣姿でソファにもたれ、左手に持った紙コップのコーヒーを飲みながら、ついさっきまでメスを握っていた右手を見つめていた。

その手術は三人の医師と数人の看護師、それに麻酔医のチームによって行われた。慎太郎が手術を取り仕切ったのだが、臓器に広がったすべてのがん細胞を取り除くのに予想より長い時間がかかった上に、リンパ節の郭清にも手間取って、十時間以上を費やす大手術になってしまった。

手術のあいだ、ほかのふたりの医師は交代で短い休憩をとったが、慎太郎はほとんど患者に付きっきりだった。おまけに、何人もの医学生がガラス越しに手術の様子を見守っていたから少なからぬ重圧も感じた。

そんなこともあって、慎太郎は疲れ切っていた。だが、思った通りの手術ができたことで気分は高揚していた。慎太郎のことを嫌っている看護師の竹山瑞恵《たけやまみずえ》さえもが、「ナイスオペです」と褒めてくれたほどだった。

患者には今後も、抗がん剤や放射線による長い治療が待っている。リンパ節の郭清は丁寧にやったが、がんが広がっていたことを考えると、再発する可能性は低くないだろう。

だが、慎太郎はやるべきことをやり切った。

そのことが彼に大きな満足感を与えていた。

すでに夜の九時をまわっていて、休憩室にいるのは慎太郎だけだった。

時折、窓の外から救急車のサイレンが聞こえた。ドアの向こうにある廊下を医師や看護師が足早に歩く足音や、ストレッチャーのタイヤがまわっている音もした。

コーヒーを飲み干し、すぐ前のローテーブルに空の紙コップを置く。眼鏡を外し、目を閉じ、指先で目頭をそっと押さえる。二年ほど前にコンタクトレンズをやめて、眼鏡をかけるようになっていた。

神様、ありがとうございます。今回もうまく手術ができました。

目を閉じたまま、彼は心の中で神に感謝の言葉を捧げる。

しばらくそのままの姿勢でいてから、ゆっくりと天井に顔を向け、長く息を吐き出す。

目を開き、眼鏡をかけ、また自分の右手を見つめる。

そう。この右手だ。

これまでに高難度の外科手術を何百回となく施してきたその指は……神が彼に特別に授けてくれたその指は……白く、長く、しなやかで、女のようにほっそりとしていた。

誰よりも器用に、正確に動くその指が……神が与えてくれたその指こそが、消化器外科専門医としての慎太郎を支えてきたのだ。

「見事だった。これからもよろしくな」

右手に向かってそう言うと、慎太郎はゆっくりとソファから立ち上がった。

広瀬慎太郎は三十三歳。都内の大学病院の消化器外科に勤務する、消化器外科専門医だった。

内科の開業医の長男として東京郊外で生まれた慎太郎は、小学校に入学したばかりの頃から、将来は自分も医師になろうと考えて勉学に励んだ。

「苦しんでいる患者を助けたい」

慎太郎は両親にそう言い、父も母も喜んで応援すると笑顔で言ってくれた。

だが、『患者を助けたい』というのは本心ではなかった。彼が求めていたのは、『患者の命を自分の手に握り締める』という歪んだ優越感だった。

そう。彼は患者の生死を支配する神になりたかったのだ。

慎太郎は必死で勉強を続け、有名私立大学の附属中学に進学した。幼稚園の頃からスイミングスクールに通っていたということもあって、中学と高校では水泳部に所属していたが、勉強を怠ることはなかった。

父は内科医だったが、慎太郎は外科医を目指した。指先が器用な自分には外科医が向いていると思ったのだ。医学部卒業後は出身大学が運営する病院の消化器外科で働くようになった。

金銭的なことを考えれば、勤務医でいるより、父のように開業医になったほうがいいように思えた。だが、慎太郎は金より名誉を求めた。この大学病院で偉くなりたいと考えたのだ。そのために、彼は学術論文をせっせと書いて、頻繁に学会で発表していた。

慎太郎は同期生の中では最も出世が早かった。今の立場は准教授だったが、いずれ消化器外科のトップになり、最終的には大学病院の総院長になりたいと考えていた。


自分の人生だけが、なぜ、これほどまで順調なのか。

それは彼が神の子で、神が彼を特別に見守っていてくれるからだった。

少なくとも、慎太郎はそう信じていた。

特定の宗教を信仰しているわけではなかった。自分が神の子であるという、何らかの根拠があるわけでもなかった。

だが、慎太郎は自分が神の子であるという考えをずっと信じ込んでいた。

子供の頃から眠りにつく前に、慎太郎はベッドの中で目を閉じ、両手を握り合わせて神に祈ることを欠かさなかった。

「神様、きょうもありがとうございました。あしたもあなたの息子である僕をお守りください。大きな試練には遭わせないでください。何もかもが、うまくいきますように」

あれから長い時間が流れたが、祈らずに眠ってしまったことは数えるほどしかなかった。神が俺をいつも見守ってくれる。いつも助けてくれる。だから、これからも俺の人生はうまくいく。

誰かに言ったことはなかったが、彼はそれを確信していた。

## 13

慎太郎の人生は、確かに、かなりうまくいっていた。それでも、神が手助けをしてくれないこともある。そのひとつが女性だった。

高校生だった頃も大学に通っていた頃にも、慎太郎は何人かの女と付き合った。慎太郎は顔立ちが整っていたし、運動神経も悪くなかったし、何より成績がよかったから、女たちにはモテたのだ。

だが、どういうわけか、誰と付き合っても長くは続かなかった。

別れを切り出すのはいつも女たちのほうだった。

「嫌なやつ」「最低の男」「二度と顔も見たくない」

女たちから、何度そう言われたかわからなかった。

そんな言葉を耳にするたびに、慎太郎は『見破られたか』と思って、心の中で舌打ちをした。女たちが自分の何を嫌っているのか、彼にはよくわかっていたのだ。

慎太郎は何人もの女たちに向かって「愛してる」と口にしていた。けれど、その言葉は真実から遠くかけ離れていた。

女たちを愛したことはなかった。彼が女たちに求めたのは性的なことだけだった。

女たちだけではない。慎太郎は人を愛したことなど一度もなかった。両親でさえ、愛したことはなかった。彼が愛していたのは自分だった。自分だけだった。友人は多かったが、心の中では彼らを見下していた。

慎太郎はその本心をいつも慎重に隠し、いつも微笑みの仮面を身につけて、『いいやつ』のように振る舞った。だから、上司や同僚、友人たちは気づかなかった。慎太郎のことを「お人好しだ」「不器用なやつだ」などと言う同僚までいた。

だが、少し長く付き合った女たちは、それを見抜いてしまうようだった。

慎太郎は付き合った女たちに、頻繁にプレゼントをしたり、ご馳走をしたり、旅行に連れて行ったりした。だが、それらはすべて見返りを……性的な見返りを求めてのことだった。

もし、思ったほどの見返りが得られない時には、慎太郎は『損をした』と感じて激しく苛立った。

大学病院で勤務を始めてしばらくした頃に、慎太郎は同じ病院に勤務するふたつ年下の吾《あ》妻《づま》千《ち》景《かげ》と結婚を前提とした付き合いを始めた。

千景も消化器外科の医師で、偶然だが、彼女の父親も内科の開業医だった。千景は美人で、スタイルがよく、とてもお洒落で色気もあった。

千景は気が強く、自尊心も高く、自分の考えをめったに曲げない女だった。だが、患者たちに対しては優しくて、一生懸命で、とても真摯な医師だった。千景も指先が器用だったから、消化器外科医として将来を期待されていた。

今度こそ、嫌われないようにしよう。

千景と付き合い始めた頃に、慎太郎はそう決意した。

そんな努力が功を奏したのか、千景とは数年の交際を経て、今から四年前、慎太郎が二十九歳、千景が二十七歳の時に、都内の一流ホテルに大勢の人々を招いて盛大な結婚式を挙げた。

結婚と同時にローンを組んで、東京郊外の閑静な住宅街に一戸建ての家を買った。千景の希望で、庭には何種類もの薔薇《ばら》を植えた。

けれど、千景との結婚生活は一年と経たずに破綻した。別れ際に千景は、「わたし、見る目がなかったよ」という捨て台詞を残していった。

千景は今も同じ消化器外科で働いているから、嫌でも頻繁に顔を合わせる。チームを組んで一緒に手術をすることも少なくない。だが、そういう時でも、千景は慎太郎とは必要最低限の言葉しか交わそうとしなかった。

いつだったか、慎太郎は千景に「俺たち、やり直せないかな」と提案してみたことがあった。離婚してからの千景はさらに美しくなっているように感じられて、またしても恋心が湧き上がってきたのだ。

准教授になった今なら、千景も復縁の提案を受け入れてくれるのではないかと思っていた。だが、千景がしたのは、「あんた、馬鹿じゃない？　自分の言っていることがわかってるの？」と言って、蔑みに満ち満ちた目で慎太郎を見つめることだけだった。

その言葉に、慎太郎はカッとなり、「俺のどこが嫌なんだ？」と怒鳴った。

すると千景は、慎太郎に向かってこう怒鳴り返した。

「前にも言ったと思うけど、あんたみたいに性格の歪んだ男はどこにもいないよっ！　考えているのは自分のことだけっ！　はっきり言って、人間のクズだよっ！」

慎太郎は怒りに身を震わせたけれど、その言葉に納得もしていた。

## 14

准教授である慎太郎には狭いながらも、病院の八階に個室が与えられていた。その部屋に戻るとすぐに、慎太郎はデスクの上のパソコンを立ち上げてメールの確認をした。

重要なものはなかったが、その中に慎太郎が勤務する病院の事務局からの一通のメールがあった。

事務局からメールが来るのは珍しいことではなかった。だが、そのメールに目を通した瞬間、ほっそりとした慎太郎の体を驚きと恐怖が電気のように走り抜けた。

それは病院のサイトの『お問い合わせページ』に送られてきたメッセージを、事務局員が転送してきたものだった。

『広瀬先生宛てに、こんなものが届いていました。悪質なイタズラだと思いますが、一応、お伝えいたします』

事務局員のそんな言葉に続いて、病院のサイトに送られてきたというメッセージが添付されていた。

『広瀬慎太郎さん。お久しぶりです。三年前の夏のこと、もちろん、覚えていらっしゃいますよね？　証拠はありますす。これであなたの人生は終わりです。あれだけのことをしておいて、罪に問われないと思っているわけではないですよね？』

病院サイトの『お問い合わせページ』に送られてきた文章はそれだけで、差出人は書かれていないようだった。

「嘘……だろう……」

パソコンの画面を見つめて、慎太郎は低く呻いた。噴き出した汗で、掌がベタベタになっていた。

もちろん、彼は覚えていた。モデルとして活躍していた女の名も、整った顔も、極めて美しいその肉体も、はっきりと覚えていた。

女の名は……小川……そうだ、小川琴音だ。

小川琴音は車から逃げ出す際に、自分がレイプされている様子を撮影したビデオカメラを持ち出していた。臼井純平が「死体を埋めたら、どこかで朝飯を食いながらこれを眺めようぜ」と言って、わざわざ裕太《ゆうた》のミニバンに持ち込んだカメラだった。

「カメラを取り返してこい」

あの日、臼井純平にそう命じられて、慎太郎は小山《こやま》裕太とふたりであの日のうちに小川琴音のマンションに赴いた。だが、女は自宅に戻っていないようだった。

その後も何度となく、慎太郎は小川琴音の住まいを訪ねた。臼井純平や小山裕太もそうしていたようだった。

けれど、小川琴音は二度と自宅に戻らず、やがて彼女が暮らしていた部屋は空き家になってしまった。

このメッセージを読んだ事務局員たちはどう思ったのだろう？

慎太郎はすぐにそれを考えた。

本当にタチの悪いイタズラだと思ったのだろうか？ それとも、俺のことを……。

考え始めると、いても立ってもいられなかった。慎太郎は周囲から自分がどう見られているのかということを、ひどく気にかけるような男だった。

「ああっ、神様……」

慎太郎は思わずそう呟き、白い天井をじっと見つめた。

落ち着け。落ち着け。落ち着くんだ。

深呼吸を繰り返しながら、慎太郎は自分にそう言い聞かせた。

小川琴音は慎太郎たち三人のことを、何ひとつ知らないはずだった。だから、自分が誰にレイプされ、誰に殺されかけたのかを、突き止めることができないのではないかと、慎太郎だけでなく、共犯者の臼井純平も小山裕太も、ずっとそう考えていた。いや、そうであって欲しいと願い続けていた。

あれから三年近い歳月が流れ、逮捕されるのではないかという強烈な不安はほとんど消えかけていた。たとえ今も生きていたとしても、小川琴音はあの事件を蒸し返すつもりはないのだと思い始めていたのだ。

けれど、それは違っていたようだった。

「くそうっ……カメラだ……あのカメラが問題なんだ」

慎太郎は音がするほど強く奥歯を嚙み締めた。

あの映像が撮影されていた時、慎太郎たちは目の部分が隠れるマスクをつけていた。だが、もしその映像が提出されたら、警察は間違いなく、その人物のひとりが慎太郎であると断定するだろう。

# 15

『妖精みたいに素敵な女の子がいるんだ。小川琴音っていうモデルだ。ネットで調べれば顔が見られるはずだ。その子をメチャクチャに犯す計画があるんだけど、お前も一緒にやらないか？』

今から三年近く前の夏のある日、慎太郎は中学高校の水泳部の先輩だった臼井純平からそんなＬＩＮＥのメッセージを受け取った。あの時、慎太郎は自分の部屋でビールを飲みながらくつろいでいた。

水泳部での慎太郎は背泳ぎが専門で、裕太は平泳ぎがうまかったけれど、ふたりはどちらも大した選手ではなかった。だが、臼井は一年生だった頃から水泳部のエース格の存在だった。

慎太郎はすぐにスマートフォンで小川琴音を検索した。その画面には、臼井が『妖精みたい』と形容した女の姿が次々と映し出された。どれも若く美しい女の写真で、可憐なその姿はまさに、子供の頃に見た絵本に描かれていた妖精のようだった。

臼井純平は次の都議会議員補欠選挙に、与党候補として立候補することが内定していた。

だが、三年前のあの頃は、やはり与党の都議会議員をしている父の秘書を務めていた。

水泳部の仲間たちとの付き合いは、今ではほとんどなくなっていた。だが、ひとつ先輩の臼井純平と、同期の小山裕太とは高校卒業後も付き合い続けていた。

臼井は明るくて剽軽《ひょうきん》で魅力的な笑顔の持ち主だったけれど、本当の彼はとても恐ろしい男だった。できることなら、彼とは付き合いたくなかった。けれど、その付き合いを断つことはできなかった。

慎太郎が臼井と離れられないのは、彼に弱みを握られているからだった。

どんな弱みを握られているのか、思い出したくもなかった。だが、臼井に弱みを握られた自分が、彼の子分であるという事実は確かだった。

可能なら縁を切りたいと思うほど、臼井は恐ろしい男だった。

彼は中学生だった頃に、隣の別荘の少女を殺したことがあると言っていた。それが事実かどうか、はっきりとしたことはわからないが、いずれにしても、臼井に逆らえば何をされるかわからなかった。

都議会議員に立候補しようとしている彼が、今さら、過去のことで慎太郎を脅すとは考えにくかった。けれど、一度できあがってしまった主従の関係は、容易に解消できなかった。

三年近く前のあの日、慎太郎はスマートフォンを握り締め、その画面に映し出されているモデルの画像や映像の数々を、次から次へと眺めた。

その若いモデルは確かに美しかったし、スタイルもよさそうだった。だが、美しかったり、スタイルがよかったりするだけだったら、慎太郎の心は動かなかっただろう。

慎太郎の心が動かされたのは、そのモデルがあまりにも純真無垢に感じられたからだ。

そう。まさに、純真無垢だ。

実在する女に、そんなことを感じたのは初めてだった。

その女は本当に清らかで、奥ゆかしそうに見えた。性体験があるのか、ないのかはわからない。だが、少なくとも、その女は性的なことからは、もっとも遠いところに存在しているかのように思えた。

だからこそ、慎太郎は心を動かされた。そんな女を嫌というほど凌辱してみたいと思ったのだ。

迷い迷った末に、慎太郎は臼井にメッセージを返すのではなく、彼のスマートフォンに電話を入れた。

その時はまだ、危険な犯罪に手を貸すつもりはなかった。ただ、『妖精みたいな子』をレイプする計画について、ちょっと聞いてみたいと思ったのだ。千景と離婚してからの彼は、いつも性的欲求不満を感じていた。

慎太郎が臼井に電話をしたのは午後八時くらいの時刻で、彼は父の後援者たちと日本料理店の個室で会食をしているようだった。彼は「急な電話なので、少しすみません」とそばにいる人たちに断ってから、個室から出て慎太郎の電話に応じてくれた。

『おおっ、慎太郎、元気にしてるか？』

酒が入っているせいか、電話に出た臼井はご機嫌だった。

「はい。元気です。臼井さんのほうはお元気ですか？」

慎太郎は訊いた。臼井に対して、ずっと敬語で話していた。

『ああ、元気だ。ところで、どうする？　一緒にやるか？　裕太はやる気満々でいるぞ』

臼井が言い、慎太郎は小山裕太の顔を思い浮かべた。裕太は母親が経営する不動産会社で取締役をしていた。

「臼井さん、本気ですか？　それは犯罪ですよ。もし通報されたら大変なことになります。俺たちの人生は、それで終わりですよ」

スマートフォンを握り締めて慎太郎は言った。純真無垢という言葉を体現している小川琴音は本当に魅力的だった。それでも、長年にわたって築き上げてきたものを、一瞬にして失うような危険を冒すつもりはなかった。

『通報はされないよ』

「されない？　どういうことです？」

慎太郎はさらに強くスマートフォンを握り締めた。

『そうだな。それは会ってから話そう』

臼井が言い、慎太郎は次の土曜日の夜に居酒屋で彼と会う約束をした。

## 16

その土曜日の晩、臼井と待ち合わせた居酒屋には、『やる気満々でいる』という小山裕太もやってきた。

時折、連絡は取り合っていたが、ふたりとじかに会うのは臼井の自宅で開かれた新年会以来だった。先週、バリ島であったトライアスロンの大会に行っていたという臼井は、いつもよりさらに日焼けしていた。裕太のほうは相変わらず色白で、最後に見た時よりまた太っていた。

その居酒屋の個室で酒を酌み交わしながら、臼井が小川琴音をレイプする計画を話し始めた。

臼井の計画はこうだった。

薬が混入された飲み物を口にした女が帰宅するのを、彼女のマンションのすぐ近くで待ち構える。裕太が所有しているミニバンの後部座席に力ずくで押し込み、薬物を嗅がせて失神させる。女に目隠しをし、手足を拘束し、臼井の父が所有している下田の別荘の地下室に運び込む。そして、三人で代わる代わる凌辱し、最後はまた薬物を嗅がせて意識を失わせ、下田の山林に放置して自分たちは立ち去る、というものだった。

「女を犯しているあいだずっと、俺たちはマスクをつけているんだ。そうすれば、顔を見られずに済むからな」

慎太郎と裕太を交互に見つめて、とても楽しげな口調で臼井が言った。

「そんなことが、本当に……うまくいくんですかね？　俺には乱暴で、荒唐無稽な計画に聞こえますけど」

慎太郎は首を傾《かし》げた。今になっても、危険なことはしたくないと考えていた。だが、心のどこかでは、その計画が本当にうまくいくなら、妖精のようなモデルを犯してみたいとも思い始めていた。

離婚してからの慎太郎は風俗店の女たちを相手に性欲を解消していたが、そんな女たちとの行為で心から満足できたことは一度もなかった。

「だから、うまくやるんだよ」

臼井が身を乗り出し、酒に酔って充血した目で慎太郎の顔を見つめ返した。

しばらくの沈黙があった。口を開いたのは臼井だった。

「実は、俺と裕太は去年も同じことをしたんだ。だけど、それは今も発覚していないんだぜ」

「去年もって、あの……臼井さん、あの……それは、あの……冗談ですよね？」

さらに声を震わせて慎太郎は訊いた。

「冗談じゃない。本当のことだ。なあ、裕太」

臼井は慎太郎の隣に座っている裕太を見つめた。

「ああ。本当だよ。臼井さんと俺は去年の夏に、下田にある臼井さんの別荘に行ったんだけど……その時に、近くで仲間たちとバーベキューをしていた女のひとりをうまく車に押し込んで、臼井さんの別荘に連れ込んでレイプしたんだ」

ぽっちゃりとした色白の顔を慎太郎に向けた裕太が、真剣な顔をして言った。

「下田には慎太郎も誘ったんだけど、お前は都合が悪いって断ったんだ。覚えてるだろう?」

今度は臼井が言った。彼は今も笑みを浮かべていた。

もちろん、慎太郎は前年の夏に臼井から誘われたことを覚えていた。あの時は仕事が立て込んでいて、その誘いを断っていた。

父の秘書をしているとはいえ、時間に余裕のある臼井や、母親が社長を務める不動産会社で名ばかり役員として勤務している裕太と違って、大学病院で働いている慎太郎は極めて多忙で、休日も不規則だった。

臼井によれば、ふたりは酔っ払って仲間たちから離れ、海岸の駐車場の片隅に蹲っていた女に声をかけ、隙を見て裕太のミニバンに押し込んだ。それは計画的なものではなく、酔った勢いでの犯行だった。

女は激しい抵抗を試みたが、ふたりはミニバンの車内にあったロープを使って女を力ずくで拘束し、猿轡《さるぐつわ》を噛ませた上で臼井の別荘に連れて行った。そして、その地下の一室で、実に長時間にわたって、ふたりで女を代わる代わるレイプし、最後は頭を殴って気を失わせてから、下田の山の中に放置してきたのだという。

話を聞きながら、慎太郎は無言で首を左右に振り動かしていた。今にもふたりが「なーんてね」と言って笑うのではないかと思っていた。

けれど、どうやら、それは事実のようだった。

ふたりはその女の名前も年齢も知らなかった。駐車場の片隅で蹲っていた女はスマートフォンも財布も持っていなかった。ふたりが知っていたのは、美人ではなく、やや太り気味だったが、乳房が大きくて肉感的だったということだけだった。

「あの犯行は無計画で、行き当たりばったりだったから、裕太も俺もいつ警察がやって来るかと思って、少しビクビクしてたんだ。でも結局、警察は来なかった」

臼井がその日焼けした顔に、また不敵な笑みを浮かべた。

慎太郎の隣では、酒に酔った顔をした裕太が頷いていた。

ぼんやりとしている慎太郎を見つめて、臼井純平がまた口を開いた。

「だから、今度はもっと計画的にやろうって裕太と話していたんだ。どうだ、慎太郎？お前もこの話に乗らないか？　確かに危険はゼロじゃない。だけど、あのモデルの女は、危険を冒すだけの価値があると思うんだ」

臼井はスマートフォンを操作し、そこに保管されていた自分や裕太が女をレイプしている時の映像を見せてくれた。どれもゾッとするような映像だったし、その女は慎太郎の好みとはかけ離れていた。けれど、サディスティックなところのある慎太郎には、刺激的で魅力的にも感じられた。

あの晩、慎太郎は「少し考えさせてください」と答えた。

「ああ。よく考えろ。俺たちは無理にとは言わない」

そう言って、臼井純平がまた笑った。

そんなことをするべきではないとは、慎太郎だってよくわかっていた。彼は人の命を救う仕事をしているのだ。

だが、数日にわたって考えた末に、慎太郎は『やります』というメッセージを臼井に送った。

一日に何度となく、彼はウェブサイトに掲載されている女の写真を眺めていた。何度も、繰り返し……何度も、繰り返し……そして、ついに、純真無垢という言葉を体現しているようなその妖精を、無茶苦茶にしてやりたいという誘惑に負けた。

だが、今はそれを後悔していた。いや……彼が後悔していたのは、死体を埋めるための穴を掘りに行く前に、もう一度、小川琴音が間違いなく死んでいるかどうかを確認しなかったことだった。

神様、お守りください。お守りください。お守りください。

大きなデスクに置かれた椅子に座って、慎太郎はいつものように、いや、いつもよりさらに真剣に、さらに必死に神に祈った。

「お守りください……お守りください……お守りください……」

いつの間にか、慎太郎は口に出してそう繰り返していた。強い恐怖が全身に広がっていくのが感じられた。

## 17

その夜、かねてからの計画通り、景子はレンタカー店で借りた国産の商用バンの助手席に琴音を乗せて、都内にある広瀬慎太郎の自宅へと向かっていた。濃紺の商用バンは、『スーパーロング・ワイドボディ・ハイルーフ』と呼ばれるタイプの、かなり大きなものだった。その車の後部には今、荷物は何も積まれておらず、卓球台が置けるほど広々としていた。

広瀬慎太郎が勤務する大学病院にメッセージを送ってから一週間がすぎていた。景子がそのメッセージを送りつけたのは一般に公開されている病院の『お問い合わせページ』だったが、おそらく、広瀬慎太郎もそれを目にしているはずだった。

あの男、どう思っているんだろう？　怯えているのかな？　それとも、復讐なんてできっこないと思って笑っているのかな？

ハンドル操作を続けながら、景子はそんなことを思っていた。

広瀬の住まいはすでに調べてあった。彼は結婚する時に購入した郊外の高級住宅街の一戸建てに、離婚後もひとりで暮らしていた。蔓薔薇の生垣に囲まれた大きな家だった。

ウェブサイトで確認した消化器外科のシフト表によれば、きょうの彼は早番で、夜には自宅に戻って来る可能性が高かった。

だが、もし万一、今夜、彼と巡り会えなかったとしても、また別の日に訪ねればいいだけのことだった。

急ぐ必要はなかった。大切なのは、復讐を確実に成し遂げることだけだった。

数日前に気象庁が関東地方の梅雨入りを発表してからずっと、ぐずついた天気が続いていた。きょうも朝から雨が降ったり止んだりを繰り返していて、東名高速道路に乗った時にも弱い雨が降っていた。その雨は少しずつ強くなり、今では土砂降りになっていた。

忙しなく動くワイパーが、フロントガラスの雨を絶え間なく払い除《の》けていた。だが、その直後に新たな雨がまた大量に打ちつけて視界を遮った。水の浮いた路面は車のライトや街路灯を反射して光り、路上に引かれた白い線がよく見えなくなっていた。

「雨がすごくなってきたね。景子さん、気をつけてね」

ハンドルを握っている景子のほうに顔を向けて琴音が言った。ルーフを叩く雨音がうるさくて、よく通る琴音の声でさえ今は少し聞き取りづらかった。

「うん。大丈夫。気をつける」

助手席の琴音にチラリと視線を向けて景子は答えた。

きっと琴音はひどく緊張しているのだろう。可愛らしいその顔が強ばっていた。琴音は黒い長袖のTシャツに、色の濃いジーパンという恰好をしていた。

「うまくいくかな」

独り言のように琴音が言った。

「大丈夫。きっとうまくいくよ」

景子は力強く答えた。そして、かつて試合の前にいつもしていたように、広瀬慎太郎に復讐を果たす瞬間の何通りかのシーンを頭の中で甦らせた。

かつて試合に臨む前にはいつも、景子は自分が対戦相手に打ち勝つシーンを何パターンもイメージしていたものだった。

背負い投げで打つ……内無双《うちむそう》で倒す……上四方固《かみしほうかため》で押さえ込む……試合ではたいてい、そのどれかのイメージの通りに、景子は相手選手を打ち負かしたものだった。

柔道選手だった頃の景子は、監督やコーチから「お前は勝負強い」「試合では、練習以上の力を出す」などと言われていた。

わたしは勝負強い。だから、大丈夫。うまくいく。絶対にうまくいく。

かつて、試合の前にいつもしていたように、景子は自分にそう強く言い聞かせた。

車高のある大型の商用バンが強い横風に煽られないように注意深く運転を続けながら、景子はふと、かつて恋人として何年かをすごした岩崎睦美《いわさきむつみ》のことを、微《かす》かな胸の疼きとともに思い出した。

そう。彼女と出会ったあの時も、景子は持ち前の勝負強さを発揮したのだ。

## 18

岩崎睦美と出会ったのは蒸し暑い夏の夜、仕事を終えて帰宅するために乗った私鉄の車内だった。

当時、景子は二十七歳。デザイン専門学校を卒業後に都内の会社に就職し、そこでウェブデザイナーとして働いていた。

あの夜、睦美は景子から二メートルほどのところに立っていた。彼女は華奢な体に張りつくような白いノースリーブのワンピースを身につけていた。

あの日の睦美は薄い化粧を施し、長い黒髪を背中に無造作に垂らしていた。耳元では大きなピアスが光っていた。

景子のほうは飾り気のない白い半袖のブラウスに、黒いスラックスという恰好だった。いつものように、化粧はまったくしていなかったし、アクセサリーもいっさい身につけていなかった。今と同じように、あの頃も髪を短く刈り込んでいた。

電車に揺られながら、景子は時折、睦美に視線を向けていた。

昔から景子はすらりとした体つきの女が好きだった。睦美は際立った美人というわけではなかったが、色が白く、肌が滑らかで、切れ長の目が涼しげで、額が広く、どことなくコケティッシュな雰囲気を漂わせていた。

あんな子が恋人だったら、生きているのが楽しいだろうな。

ちらりちらりと睦美に視線を送りながら、景子はそんなことを考えていた。

郊外へと向かう急行電車は帰宅する人々で満員だった。午後九時をまわっていたから、アルコールのにおいを立ち上らせている人も少なくなかった。喋っている人は誰もおらず、冷房の効いた車内にはレールの音だけが響き続けていた。

「やめてくださいっ！」

睦美が甲高い声を発したのは、減速を始めた急行電車が間もなくターミナル駅に停車しようとしている時のことだった。

反射的に声のほうに目を向けると、脂ぎった顔をしたスーツ姿の中年男の右手首を、睦美が握り締めているのが見えた。

「何だよ、手を放せっ！」

横柄な口調で男が睦美に命じた。

「放しませんっ！　あなた、今、わたしに触ったでしょ？」

色白の顔を紅潮させて睦美が言った。

「いい加減なことを言うなっ！　俺が触ったっていう証拠でもあるのか？」

怒りに顔を歪めた男が、怒鳴るかのように言った。

その時には、周りにいた乗客のほとんど全員が睦美と男に視線を向けていた。けれど、行動を起こそうとする者は誰もいなかった。

景子はとっさに、人混みを掻き分けてふたりに近づいた。

「この人が触ったって言ってるんだから、あんたは触ったんだろう」

男のすぐ脇に立って、景子は大きな声で言った。

「だから、俺は触ってないって言ってるだろうっ！　触ったっていうなら、その証拠を出してみろっ！」

挑むような顔を景子に向けて男が怒鳴った。その息から強いアルコールのにおいがした。

「とにかく、次の駅で一緒に降りよう。あんたの言い分は駅員室で聞かせてもらうよ」

やはり大きな声でそう言うと、景子は男の左腕をがっちりと摑んだ。

「痛《いて》えなっ！　放せっ！」

怒鳴りながら男は景子の手を振り払おうとした。だが、景子はその手を決して放さなかった。


あの夜、景子は睦美とふたりで男をターミナル駅の駅員室に連れて行った。すぐに警察官も呼ばれ、男は迷惑防止条例違反で現行犯逮捕された。

警察官による事情聴取には景子も同席した。その聴取の中で、睦美が医学部の学生だということや、自分より三つ年下の二十四歳だということなどを景子は知った。

景子も警察官たちに、自分の年齢や職業や連絡先などを話した。

一時間以上にわたった聴取がようやく終わると、景子は睦美と一緒に駅員室を出た。あの日の睦美は踵の高い洒落たパンプスを履いていたが、並んで立つと、その目の位置は大柄な景子のそれよりまだ少し下にあった。

「今夜はありがとうございました。それから……ご迷惑をおかけしてしまって、申し訳ありませんでした」

下りのプラットフォームに向かいながら、隣を歩いている景子に睦美が言った。

「気にしないでください。困った時はお互い様です」

景子はそう言って笑った。

十時半近くになっていたが、電車はやはり満員だった。その電車の片隅に睦美を立たせると、景子は彼女を守るようにしてすぐ隣に立った。

睦美のワンピースの丈は際どいほどに短かったから、男たちが触りたくなるのも無理のないような気がした。実際、景子はあの時、睦美の体を抱き締めたいという欲望を覚えていた。

その電車の中で、睦美が景子に今夜の礼をしたいと言った。景子は喜んでそれを受けることにした。

## 19

次の日曜日の午後に、景子は都内の洒落たカフェで睦美と待ち合わせた。

睦美は黒いミニ丈のノースリーブのワンピースを身につけ、踵の高い黒いサンダルを履き、いくつものアクセサリーを光らせていた。

睦美は東海地方の出身だった。ふたつ違いの仲のいい妹がいたが、その妹は小学生の時に病気で亡くなっていた。

茶農家を営む父親は、内心では睦美にその仕事を継いでもらいたいと思っていたようだった。けれど、睦美が医学部に進学することに反対はしなかった。

医学部の最上級生だった睦美は、自分が何を専門にするかで悩んでいたが、最近は美容外科医になろうと思い始めているようだった。

医学部には男子学生が多かったし、彼らから愛を告白されたことも何度かあったらしい。その中の何人かとデートをしたが、恋人として付き合ったことはないようだった。

カフェに来て一時間ほどがすぎた頃、自分は同性しか愛せないのだと景子は口にした。

親友として付き合っている女たちに、景子はそれを打ち明けていた。それを聞いた友人の半分は驚いた顔をしたが、意外なことに、残りの半分は「やっぱりね」と言って笑ったものだった。

睦美とは友人になりたいと思っていた。だから、最初に打ち明けてしまったほうがいいだろうと考えたのだ。

「うん。最初からそうだと思ってた」

あっけらかんとした口調で睦美が言った。

「あの……どうして、そうだと思ったの？」

意外に感じて景子は尋ねた。

「だって、わたしも同じだから」

真顔になった睦美が静かに言った。

景子と同じように、彼女もまた小学生の頃から女の子ばかりを好きになったのだという。異性とデートをしたことも何度かあったが、彼らと付き合う気にはどうしてもなれなかったらしい。

その言葉にゆっくりと頷くと、景子は睦美の切れ長で涼しげな目をじっと見つめた。睦美もまた、景子の目を凝視していた。

そんなふうにして、景子は睦美と付き合い始め、やがて同じマンションの一室で一緒に暮らすようになった。

景子にとって、それは夢のような毎日だった。

幸せな日々は三年半ほど続き、やがて終わりの時を迎えた。

別れを切り出したのは睦美のほうで、『親に孫の顔を見せてあげたい』というのがその理由だった。当時の彼女は大学病院で外科医として勤務していた。

「妹が生きていたら、こんなことは思わなかったけど……でも、少しは親孝行もしたいの。だから、景子、許してちょうだい」

切れ長の目に涙を浮かべて睦美が言った。

景子にできたのは、涙ぐみながら頷くことだけだった。

あの日、景子は三十一歳、睦美は二十八歳だった。

別れたあとも景子は睦美と頻繁に連絡を取っていて、年に二度か三度は一緒に食事をしていた。

今、睦美は『小林睦美』という名になって、都内の美容外科クリニックで働いている。

当時、勤務していた大学病院の内科医の男と結婚し、今はふたりの男の子の母親になっている。

睦美は今も同性しか愛せないということだったが、夫婦仲は悪くはないようだった。

「景子は結婚を考えたことは一度もないの？」

いつだったか、居酒屋で飲んでいる時に、睦美にそう訊かれたことがあった。

「一度もない。睦美と別れてからは、付き合った人もいない」

あの時、景子はすぐにそう答えた。

「景子は強いね。ひとりきりで寂しくない？」

「寂しいけど……こればかりはしかたがないよ」

景子が笑い、睦美が神妙な顔をして頷いた。

今はまだ睦美に、自分が琴音と暮らしていることを伝えていなかった。だが、いずれそれを伝えることになるはずだった。

今後の復讐には睦美の協力が必要になりそうだったから。

# 20

強くなった雨が、帰宅する人々で満員の電車の窓に叩きつけていた。

その晩、大学病院での勤務を終えた慎太郎は、東京郊外の自宅へと向かっていた。千景と結婚した時に購入した家で、住宅ローンがまだたっぷりと残っていた。

すぐ前にある窓のガラスには、吊り革に摑まった慎太郎の姿が映っていた。神経質そうにも見えるその顔には、不安げな表情が張りついていた。

慎太郎が不安そうにしている原因は小川琴音だった。

この一週間、あの女のことが頭のどこかにいつも引っかかっていて、何をしていても心ここに在らずという状態が続いていた。

小川琴音と思われる人物からのメッセージが病院サイトの『お問い合わせページ』に届いた翌々日の晩、慎太郎は随分と考えた末に臼井純平に電話を入れた。彼や小山裕太のところにも、小川琴音から連絡がきているかもしれないと思ったのだ。

『あの女、いったいどうやって、お前にたどり着いたんだ？』

少し苛立ったような口調で臼井が言った。彼のところにはまだ、何の連絡もきていないようだった。

「臼井さん、あの……俺は、あの……どうしたらいいんでしょう？」

慎太郎は声を震わせた。

『そうだな……あの女からじかに連絡が来たら……やっぱり、金で解決するしかないんじゃないか？』

少しの沈黙のあとで臼井が言った。

「そうですよね。やっぱり、それしかないですよね」

慎太郎は同意した。ずっと考えていたのだが、金で解決するほかに方法はないように思われた。

『どのぐらい要求されるかわからんが、言われた通りの金を払えば、解決できるんじゃないか？』

「あの、臼井さん……裕太はどうなんでしょう？　あいつのところにも、あの女からのコンタクトがあったんでしょうか？」

『そうだな。これから裕太に連絡してみる。すぐにまた電話するから、そのまま少し待っていろ』

それだけ言うと、臼井が電話を切った。

臼井からの電話は五分ほどでかかってきた。

『裕太のやつ、ものすごく驚いてたぞ。やつのところにも、あの女からの連絡はないらしい。ということは……あの女はまだ、俺や裕太のことは突き止めていないのかもしれないな』

「じゃあ、あの……女がコンタクトしてきたのは、俺だけなんですか？」

『そのようだな』

「どうして俺だけなんでしょう？」

『それはわからないけど……なあ、慎太郎、もし、あの女がお前のところに姿を現したとしても、俺や裕太のことは絶対に口にするな』

「そんな……臼井さんは俺ひとりに責任を取らせるつもりなんですか？」

慎太郎は汗ばんだ手でスマートフォンを握り締めた。

『そんなつもりはないけど……とにかく、もし、あの女が目の前に現れた時には、俺と裕太のことは絶対に喋るな。もし、喋ったらどうなるか、お前にはよくわかっているはずだよな。善人ぶっていても、お前は結局、俺と同じ側の人間なんだよっ！』

あの晩、臼井は吐き捨てるかのようにそう言うと、一方的に電話を切ってしまった。

そう。彼は自分に火の粉が降り掛からなければ、慎太郎がどうなろうと知ったことではないと考えているのだ。昔から彼はそういう男なのだ。

ぬるぬるとするプラスティック製の吊り革を握り締めたまま、慎太郎はこうべを垂れ、これまでずっと自分を助け続けてくれた神に願った。

ああっ、神様。助けてください。あなたの息子を、この窮地から救い出してください。

祈りを終えた慎太郎は顔を上げ、窓ガラスの向こうを伝っている雨粒と、そこに映っている自分の不安げな顔をぼんやりと見つめた。

## 21

相変わらず、強い雨が降り続いていた。

電車を降りた慎太郎は、傘をさして自宅に向かって歩き始めた。雨の中を歩くのは億劫だったが、タクシーを待つ長い列に並んでいるより、歩いてしまったほうが手っ取り早いと判断したのだ。慎太郎の自宅までは歩いて十分ほどの距離だった。

今夜の慎太郎は黒い長袖のボタンダウンシャツに、カーキ色のズボンを穿いていた。跳ね上がった水が、そのズボンの裾を濡らしていた。

結婚と同時に新居として購入したのは、電鉄会社が山林を切り開いて造成した閑静な住宅街の中の新築の一軒家だった。彼の自宅の周りに建っている家々は、どれもかなり立派で、庭も広々としていた。ガレージにも高級車ばかりが停められていた。

一緒に同じ電車を降りた人の姿は、歩き続けるうちにどんどん数を減らしていった。天気がよければ犬の散歩をする人や、数人で見まわりをする自治会の人々をよく見かけるのだが、こんな天気だということもあってそんな人の姿はまったく見えなかった。

道の両脇に巨大な桜が植えられた長い下り坂を降りてきた慎太郎は、いつものように坂の途中で右へと曲がった。自宅へと続くその道は、車がやっと擦れ違えるような道幅だった。

慎太郎の自宅の門のすぐそばに、大型の商用バンが停車していた。けれど、不審には思わなかった。近所のどこかに、荷物の配達に来たのだろうと思っただけだった。

慎太郎がそのバンの脇を通り抜けて自宅の門を開けようとしたちょうどその時、運転席側のドアが開かれ、そのドアから雨ガッパを身につけたずんぐりとした体つきの男が出てきた。いや、男ではなく、髪を短く刈り込んだ大柄な女のようだった。

雨ガッパの女が小さく頭を下げたので、慎太郎もまた反射的に会釈を返した。

その瞬間だった。女が突然、右の拳を慎太郎の腹部に深々と突き入れたのだ。

女の行動はあまりにも予想外のことで、慎太郎には何をすることもできなかった。

「げっ……ふっ……」

凄まじい衝撃が背骨にまで達し、慎太郎は思わず体を前方に折り曲げた。その直後に、今度は背中のほぼ中央、肩甲骨のあいだに、女が強烈な打撃を、たぶん、肘打ちを見舞った。

「がっ……ぐうっ……」

息が止まり、目が眩んだ。慎太郎は濡れた地面に両手と膝を突き、口から胃液を溢れさせながら言葉にならない声を漏らした。

そんな慎太郎の襟首を女が鷲摑みにして無理やり立ち上がらせた。それは女とは思えないような力強さだった。

薄暗い街路灯に照らされた女の顔が初めて見えた。

女は小さく離れた目で、慎太郎の顔を見つめていた。

次の瞬間、いつの間にか開けられていたバンのサイドドアから、慎太郎は車の中にすごい力で投げ込まれた。眼鏡が外れたのがわかった。

痛みと苦しみに悶絶し、なおも胃液を吐き続けながらも、慎太郎は懸命に目を見開いた。

すぐそばに雨ガッパの女がいた。そのすぐ向こうには華奢な体つきの女がいた。

一瞬、その華奢な女が誰か、わからなかった。だがすぐに、それがあの女だと……自分達が殺し損ねた妖精みたいなモデルの女であることに気づいた。

そして、その女の姿を目にした瞬間、そこにいるふたりが、これから何をするつもりなのかを慎太郎は理解した。

やめろ。話し合おう。

慎太郎はそう言おうとした。だが、その前に雨ガッパの女が慎太郎の首に何かを押しつけた。

それがスタンガンだとわかった時には、もうできることはなかった。直後に、耳元で異様な音が響き渡り、凄まじい衝撃が慎太郎の体内で爆発するかのように弾《はじ》けた。

意思とは無関係に体が痙攣し、口から勝手に声が出た。タンパク質が焦げるようなにおいがした。

朦朧となりながらも、慎太郎は必死でまた目を見開いた。気絶してしまうわけにはいかなかった。

そんな慎太郎の目の前で、小川琴音が雨ガッパの女に別のスタンガンを手渡した。

「や……やめろ……」

慎太郎がそう口にした瞬間、雨ガッパの女がもう一度、ほぼ同じところにスタンガンを押し当てた。

薄暗い車内に再び異様な音が響き渡り、ものすごい衝撃が慎太郎を苛んだ。

その一撃で、慎太郎は完全に意識を失ってしまった。


どのくらいのあいだ、意識を失っていたのかは、まったくわからない。いずれにしても、低い呻きを漏らしながら目を開いた時、慎太郎は商用バンの荷台だと思われる場所に横たわっていた。

荷室のライトは消されていたが、窓から外の光が入ってくるので、真っ暗というわけではなかった。

慎太郎は必死に首をもたげて、自分の体を見ようとした。

いつの間にか、慎太郎の体は粘着テープのようなものでぐるぐる巻きに拘束されていた。左腕は『気をつけ』の姿勢を取った時のように、幅五センチほどの黒い粘着テープで体の左側面にぴったりと縛りつけられていた。両足首にも同じ粘着テープが何重にも巻かれていた。

だが、なぜか、右腕だけは拘束されていなかった。

車は走っているらしかった。床下からエンジン音が響いていた。時折、微かな揺れも感じた。ウィンカーを出しているらしい音も聞こえたし、車のブレーキがかけられたり、エンジンの回転数を上げて加速したりしているのも感じられた。

強く殴られた腹部と背中が、鈍い痛みを発し続けていた。頭も痛かったし、強い吐き気もした。二度にわたってスタンガンを押しつけられた首は、火傷《やけど》をした時のような痛みを絶え間なく発していた。

拘束された体を芋虫《いもむし》のように悶えさせると、車の前方が視界に入ってきた。運転席と助手席に、それぞれ人がいるのが見えた。運転しているのは、雨ガッパを着た大柄な女のようだった。

慎太郎は尿を漏らしてしまうほどの恐怖に見舞われながらも、自由が利く右腕だけで上半身を起こし、床に転がっている眼鏡を拾い上げた。そして、その眼鏡をかけてから、運転席と助手席の女を交互に見つめた。

「お前たち……俺を……どうするつもりなんだ？」

込み上げる吐き気に耐えて、慎太郎は絞り出すように声を出した。

「目が覚めたのか？」

運転を続けている女が言った。男のようにも聞こえる声だった。

「お前たち……俺をどうするつもりなんだ？」

慎太郎は同じ質問を繰り返した。

「すぐにわかるよ」

少し楽しげな口調で雨ガッパの女が答えた。

「金で……金で解決……させてくれないか……いくら欲しい？　五百万か？　一千万か？」

もつれた舌を必死で動かして慎太郎は訊いた。こうなった以上、要求されるがままの額を支払うつもりだった。

「金で解決できるような問題じゃないだろう」

女が突き放すかのように言った。急ブレーキをかけたようで、慎太郎の体が車の前方に大きく傾いた。

「だったら、俺に……どうしろというんだ？」

声を震わせて慎太郎は尋ねた。恐ろしかった。これほどの恐怖を覚えたのは、生まれて初めてのような気がした。

「あとで話そう。少し黙っていろ」

静かな口調で女が命じた。

慎太郎は奥歯を噛み締めた。寒いわけではないのに、体がガクガクと震えていた。

少し高い位置にある窓を見上げた。道路脇に並んでいる街路灯が見えた。時折、ビルのような建物も見えた。

だが、車がいま、どこを走っているのかは、まったくわからなかった。

## 22

その後も車は長いあいだ走り続けた。

そのあいだに、慎太郎は何度かふたりの女に声をかけた。けれど、雨ガッパの女は「黙れ」という言葉を繰り返しただけだった。小川琴音のほうは、一言も言葉を口にしなかった。

右腕だけで体を支え続けているのが辛くなり、慎太郎はまた荷室に身を横たえた。テープで胴体をぐるぐる巻きにされているので、呼吸をするのも楽なことではなかった。

金で解決するのは難しいようだった。だとしたら、いったい自分は何をすればいいのか。どうしたら、許してもらえるのか。

だが、いくら考えても、慎太郎にはその答えが見つけられなかった。

雨が降り続いているようだった。ワイパーの音が絶え間なく聞こえたからだ。

やがて、車が静かに停車した。

また右手だけを使って上半身を起こし、慎太郎は雨粒が伝っている上方の窓に視線を向けた。

窓の外は真っ暗に近くて、ほとんど何も見えなかった。もしかしたら、かつて自分たちが小川琴音の死体を埋めてしまおうとしたような山の中にいるのかもしれなかった。

車のエンジンが止まった。ふたりの女は車から降り、サイドのスライドドアを開けた。

やはり外は真っ暗だった。開かれたドアから流れ込んできた外の空気は、ひんやりとしていて、湿った土のようなにおいがした。とても静かで、ほかの車の音は聞こえなかった。

開けられたスライドドアからふたりの女が、慎太郎のいる荷室に乗り込んできた。大柄な女は今も雨ガッパを着たままだった。

すぐにスライドドアが閉められた。ふたりの女は並ぶようにして、慎太郎のすぐそばにしゃがみ込んだ。

小さなライトに照らされた大柄な女の顔は、怒りに歪んでいるように見えた。だが、それとは対照的に、小川琴音の美しい顔は蒼白で、そこには怯えているかのような表情が浮かんでいた。

あれから三年近い歳月がすぎ、まだ十代だと言っても通用しそうだった小川琴音は、いくらか大人っぽくなっているように感じられた。あの頃とは違って、その顔に化粧っ気はなかったが、今も変わらず美しかったし、可愛らしかった。長かった髪はベリーショートにカットされていた。

「俺をどうするつもりなんだ?」

慎太郎はまた、さっきと同じ質問を繰り返した。

「ほかに言うことがあるんじゃないのか?」

雨ガッパの女が慎太郎を見つめた。その目には怒りが浮かんでいたが、口調は淡々としていた。

「ほかにって……」

「謝罪の言葉はないのか?」

やはり淡々とした口調で女が言った。

「あっ、だから……あの……済まなかったと思ってる……あの時は……本当に悪いことをした……」

声を震わせてそう言うと、慎太郎は深く頭を下げた。「悪かった。この通りだ。どうか許してほしい」

「なぜ、あんなことをした？」

頭を下げている慎太郎に雨ガッパの女が訊いた。

「誘われたんだ。俺は、あの……主犯じゃないんだ……そそのかされた……だけなんだ」

顔を上げた慎太郎は、美人という言葉とはかけ離れた女の顔を見つめた。

「そそのかされた、だと？　誰にそそのかされた？」

「それは、あの……それは言えない」

「そうか。言えないか」

女が慎太郎の顔を覗き込むかのように見つめた。

「言えないんだ。あの……許してくれ」

「だったら、言えるようにしてやるよ」

穏やかな口調でそう言った瞬間、女が右手を高々と振り上げ、慎太郎の左の頬を強《した た》かに張り飛ばした。

鋭い音が車内に響き、慎太郎の顔が真横を向いた。外れた眼鏡が飛んでいくのが見えた。

「やめてくれ……暴力は……やめてくれ」

慎太郎は必死で言った。眼鏡がなくなったことで、すべてのものが霞んで見えた。

「お前たちがなぜ、あんなことをしたのか聞かせてもらおう。ほかのふたりについても詳しく教えてもらう。もし、言えないというなら、またぶん殴るぞ」

またしても右手を振り上げた女が言った。その口調は今もとても穏やかだった。

「わ……わかった。言う。だから……これ以上の乱暴はやめてくれ」

喘ぐかのように慎太郎は言った。もはや彼に選択肢はなかった。

慎太郎は小川琴音をレイプしたいきさつのすべてを話した。共犯者である臼井純平と小山裕太についても、包み隠さず話した。

慎太郎が話をしているあいだ、小川琴音は今にも泣き出しそうな顔をし、ほとんど膨らみのない胸を両手でしっかりと押さえていた。きっと、自分が集団レイプされていた時のことを思い出してしまったのだろう。

大柄な女のほうは、蔑みに満ちた冷ややかな目つきで慎太郎を見つめ続けていた。

「最初から、琴音を……殺すつもりだったのか？」

抑揚のない口調で女が訊いた。

「違う。違うんだ。少なくとも、俺や裕太には、そんなつもりはなかった。信じてくれ。

臼井さんが……臼井さんが、興奮したあまり琴音さんの首を絞めた。それで琴音さんは心肺停止の状態に陥ってしまった。そういうことなんだ」

慎太郎は必死に言った。

そう。慎太郎は必死だった。優秀な医師としての日常に戻るためなら、どんなことでもするつもりだった。

声を震わせながらも、慎太郎は言葉を続けた。

「計画を立てたのは俺じゃないんだ。俺は……俺は、臼井さんに……そそのかされたんだ。悪いのは俺じゃなく、臼井さんなんだ。臼井さんと裕太は俺よりずっと悪いやつなんだ。あのふたりは以前にも、ほかの女に同じようなことをしているんだ」

縋るような目で女たちを見つめて慎太郎は言った。

「もちろん、そのふたりも許せない。だが、お前も許せない」

怒りに声を震わせながら、女がスタンガンを手に立ち上がった。

「ちゃんと話したじゃないかっ！　それなのに……やめろっ！　やめてくれーっ！」

そう叫んでいる慎太郎の首の左側に、女がまたしてもスタンガンを押しつけた。

今度も激烈な衝撃が全身を支配し、慎太郎は声にならない悲鳴をあげて拘束された体を跳ね上がらせて床に転がった。

次の瞬間、女が拘束されていない慎太郎の右手をがっちりと掴むと、荷室の床の上に押さえつけた。

電気ショックに朦朧となりながらも、慎太郎は夢中で抵抗した。だが、右手を動かすことはできなかった。女の力がそれほど強かったのだ。

女の手首は、慎太郎のそれより遥かに太かった。

「俺を……俺を、どうするつもりだ？」

声をひどく上ずらせて慎太郎は訊いた。

「罪人はその罪を償うんだよ」

女がどこからか巨大なハンマーを取り出し、それを頭上に振り上げた。

そう。女は慎太郎の右手を……神から授けられた右手を……これまで何度もの難手術を成功させてきたその手を……二度とメスを持てないようにしてしまうつもりなのだ。

「やめろっ！　それだけは、やめてくれっ！」

慎太郎がそう繰り返した時、それまで沈黙を続けていた小川琴音が、「景子さん、待って」と口を開いた。

## 23

助かった、と慎太郎は思った。心の優しい小川琴音が、助け船を出してくれたのだと考えたのだ。

だが、小川琴音の口から出たのは、彼の期待とはかけ離れたものだった。

「わたしがやる。わたしにやらせて」

思い詰めた顔をした小川琴音が言った。

「えっ？　本気なの？」

大柄な女がひどく驚いた顔をして小川琴音を見つめた。

小川琴音は何も言わなかった。血の気の引いた顔を強ばらせたまま、大きく頷いただけだった。

すぐに小川琴音が女の手から重たそうなハンマーを取り上げた。そして、一度、大きく息を吐いてから、餅つきをする時のように、両手で握り締めたそれを頭上に高く振り上げた。気弱そうにも見えるその顔に、強い意志が張りついているのを慎太郎は目にした。

「やめろっ！　やめろっ！」

慎太郎は必死の抵抗を試みたが、大柄な女が両手で押さえつけている右手を動かすことはできなかった。

小川琴音がハンマーを振り下ろすのは見えた。だが、反射的に目を閉じてしまったので、それが自分の右手を叩き潰すのは見えなかった。

次の瞬間、神から授けられた右手が叩き潰された鈍い音と、失神してしまうほどの激痛が襲いかかってきた。

「あがっ！　がああああっー！」

密閉された車内に、慎太郎があげた獣のような叫び声が響き渡った。慎太郎がしたのは叫び続けることと、多量の尿を漏らすことだけだった。

すぐにまた、小川琴音がハンマーを振り上げ、さっきと同じようにそれを力強く振り下ろした。

再び肉が潰される鈍い音が聞こえ、激痛が右手から脳天へと走り抜けた。その痛みがあまりに激烈だったために、慎太郎は叫び声を上げながら失神してしまった。

# 24

　持参したハサミを使って、景子は激痛に襲われて気絶している男の体に巻きつけた粘着テープを取り除き始めた。みっともないことに、男は尿を漏らしていた。

　二度にわたってハンマーを振り下ろされた男の右手は血みどろで、見るも無残な状態になっていた。景子に医学の知識はなかったが、男の右手の骨は粉々に砕け、二度と元通りにはならないはずだった。

　景子のすぐそばでは、琴音が無言で立ち尽くしていた。琴音は景子に背を向けていたから、その表情を窺うことはできなかった。琴音は今も、その華奢な手に大きなハンマーを握り締めていた。

「大丈夫、琴音？」

　作業を続けながら景子は訊いた。

「うん。大丈夫」

　景子に背を向けたまま、呟くように琴音が答えた。小さな肩が震えていた。

　自分がやると琴音が口にした時には、景子はひどく驚いた。計画では、景子が男の右手にハンマーを振り下ろすことになっていた。

淑やかで奥ゆかしくて心の優しい琴音に、そんな残酷なことができるとは思えなかった。

だが、琴音はそれをした。一度ではなく、二度にわたって、渾身《こんしん》の力を込めてハンマーを振り下ろし、男の右手を叩き潰した。

今になっても景子にはそれが信じられなかった。


いまだに意識を失っている男を抱き上げ、景子は車のすぐ脇の草の中に横たえた。そして、ハサミを使って拘束していた粘着テープをすべて取り除くと、再び男の左の頰に強烈な平手打ちを浴びせた。

その一撃で、男はぼんやりと目を開いた。

「あああああっ……何てことを……あああああっ……ああああああっ……」

叩き潰された右手を目にした男が、涙を流しながらそんな声を出した。

「通報してもいいぞ。だが、その時には、お前たちも重い罪に問われることになる」

足元で悶絶している男にそれだけ言うと、景子は茫然と立ち尽くしている琴音の肩を抱くようにして車へと向かった。男をこの場に残して立ち去ってしまうつもりだった。

ここは琴音が老夫婦に助けを求めた伊豆半島の山道だった。

「待ってくれ……おい、待ってくれ……」

呻くような男の声を聞きながら、景子は運転席のドアを開いた。

## 25

いつの間にか、雨は止んでいた。

湘南へと戻る車の中で、琴音はずっと無言で顔を俯けていた。

景子もほとんど話しかけなかった。どんな言葉をかけていいのか、わからなかった。

琴音がようやく口を開いたのは、車が間もなく自宅に到着する頃だった。

「景子さん……ありがとう」

ようやく顔を上げた琴音が呟くように言った。

「お礼なんて言わなくていいよ。水臭いじゃない」

「うん。でも、ありがとう」

景子のほうには顔を向けずに琴音が小声で繰り返した。

「琴音、大丈夫?」

琴音のほうにチラリと視線を送って景子は訊いた。

「うん。大丈夫」

「琴音が自分でやるって言った時は、すごくびっくりしたよ」

「わたしもびっくりした」

ようやく景子に顔を向けた琴音が言った。

またしばらくの沈黙があった。その沈黙を破ったのは、またしても琴音だった。

「次はどっちの男をやっつけようか？」

「琴音、やる気でいるの？」

「やる。ふたりともやっつける」

自分に言い聞かせるかのように琴音が言った。

「そうだね。ふたりともやっつけよう」

声に力を込めて景子は言った。

その言葉を耳にした琴音が、助手席で深く頷くのがわかった。

変わったな。

景子は思った。

そう。琴音は変わった。三人の男たちが、優しく思いやりのある琴音を、ハンマーで人の手を叩き潰すことができるような女に変えてしまったのだ。

それは許せることではなかった。

「やっつけよう。残りのふたりも二度と立ち上がれないようにしてやろう」

自分自身に言い聞かせるかのように、景子は声に出して繰り返した。

# 三章

*Episode 3*

# 1

合成樹脂製の黒いシートが張られたマットに、ほっそりとした女が全裸で仰向けになっている。万歳をした時のように長い腕を投げ出し、筋肉の浮き出た細い脚を少し広げて横たわっている。

小山裕太はその女の姿を、瞬きの間さえ惜しむようにして見つめた。

女の体はどこも完全に引き締まっていて、ウエストがくびれていて、二の腕にも下腹部にも太腿にも贅肉はいっさいついていなかった。乳房は小さかったが、形よく張り詰めていた。

仰向けになっているせいで、腹部はえぐれるほどに凹《へこ》んでいた。そこに本当に内臓が収まっているのだろうか、と思うほどだった。女は茫然自失の状態に陥っているらしく、ほとんど身動きをしなかった。

裕太はついさっき、その女の口の中に二度目の射精をしたばかりだった。それにもかかわらず、非の打ちどころがない女の裸体を見つめていると男性器がまたしても硬直を始めた。

「裕太、今度はケツの穴に入れてみたらどうだ？」

すぐそばに立っている臼井純平が、いやらしい笑みを浮かべてそんな提案をした。彼もまた全裸で、その股間でもグロテスクな男性器がそそり立っていた。

これまで裕太は肛門に男性器を挿入したことは一度もなかった。だが、常々それをしてみたいと考えていたから、臼井の提案はとても刺激的で、魅力的に感じられた。

裕太は無言で頷くと、ほっそりとした女の体を両手で転がすようにして俯せにした。

女はたいした抵抗をしなかった。きっと、それほどまでに消耗し切っているのだろう。

女を俯せにすると、裕太は肩甲骨の浮き出たその華奢な背中に、最近になってどんどん太り始めた色白の体を重ね合わせた。そして、あらかじめ用意してあった潤滑液を女の肛門にたっぷりと擦りつけてから、強い硬直を保っている男性器をそこにあてがい、女が這い出せないように両肩を強く押さえつけながら腰を前方に突き出した。

「あっ！　いっ！　やめてっ！　いっ、痛いっ！　痛いっ！」

女が亀のように首をもたげ、振り絞るかのような悲鳴を上げた。

だが、裕太はその必死の訴えを無視して、女の体をマットに押さえつけたまま、その体内に男性器を強引にねじ込み続けた。

巨大な男性器が肛門を無理やり押し広げ、その一部を引き裂き、ずずずっ、ずずずっ、ずずずっと、直腸の中に少しずつ、少しずつ潜り込んでいくのが感じられた。

裕太が挿入を続けているあいだずっと、女は悲鳴のようなか細い声を漏らし続け、マットに張られた合成樹脂製の黒いシートに爪を立てていた。

やがて男性器が女の中に根元まで埋没した。その直後に、裕太は腰をゆっくりと打ち振り始めた。男性器に伝わってくる感触は、膣に挿入している時とはまったく別のもので、彼にはとても新鮮に感じられた。

男性器が直腸の奥深くまで押し込まれるたびに、女が首をもたげて小さな声を出した。風俗店の女たちと交わっている時にもそうしているように、裕太はその声を実の母のそれと重ね合わせた。

そう。自分は今、実の母と交わっているのだと……裸の母の背中に身を重ね合わせて、その肛門に男性器を押し込んでいるのだと思おうとしたのだ。

実際にそんなことができるはずもなかったが、極めて背徳的で刺激的なその想像によって、裕太はますます高ぶり、たちまちにして小川琴音の直腸の中に体液を放出した。

女の肛門から男性器を引き抜くと、裕太は女の顔の前にあぐらをかくようにして座り、今も硬直を保っている男性器をその口に押しつけた。

「咥えろ。言われた通りにしろ」

性の奴隷でしかない女にできることは、裕太の命令に従うことだけだった。

辛そうな女の顔を見下ろしながら、裕太はその美しい顔に、また自分の母のそれを重ね合わせた。

## 2

今夜もまた、琴音は自分の悲鳴で目を覚ました。またしても、夢の中にあの男たちが現れたのだ。

汗まみれの上半身をベッドから起こし、胸を押さえながら懸命に呼吸を繰り返す。凄まじい速さで心臓が鼓動していて、意識しなければ呼吸をすることさえ難しい。

「琴音っ！　大丈夫っ！　入るよっ！」

叫ぶような声とともにドアが開かれ、スエットの上下という恰好の景子が室内に飛び込んできた。

部屋の明かりを灯すとすぐに、景子はベッドに横座りになり、喘ぐように息をしている琴音の体を両手で強く抱き締めた。

「大丈夫だよ、琴音。大丈夫……大丈夫……大丈夫……」

いつものように、景子は琴音の耳元で繰り返した。

その魔法の呪文によって、動悸は徐々に治まり、少しずつ呼吸も楽になっていった。

「大丈夫だよ、琴音……大丈夫……大丈夫……大丈夫……」

景子はなおも繰り返し続けた。

「いつまでこんなことが続くの？　辛いよ、景子さん……辛い……辛い……」

景子の腕の中で大粒の涙を流しながら、琴音は呻くように繰り返した。

そんな琴音を優しく見つめ、景子は何度も頷いた。

発作が治まるにつれて、今度は琴音の体の中に深い無力感が広がっていった。

何をしても同じだ。たとえ何をしても、この地獄から這い上がることは決してできないのだ。

なおも広がり続けていく無力感の中で、琴音はぼんやりとそんなことを考えた。

男たちへの復讐を果たせば、この苦しみから逃れられるのではないかと琴音は期待していた。だが、広瀬慎太郎への復讐を遂げた今も、変わったことは何もないようにさえ感じられた。

骨折り損のくたびれもうけ……そんな言葉が、ふと頭をよぎった。

「こんなこと……もう、やめようかな……」

そう呟いた琴音の顔を、景子がじっと見つめた。

数日前、琴音のスマートフォンに『あの日を振り返ってみましょう』というメッセージがきた。

深く考えることなく、琴音はそこをタップした。

その瞬間、モデルとして暮らしていた頃の琴音の姿がスマートフォンに映し出された。

いや、その若い女が自分だとは瞬時にはわからなかった。毎日、鏡で見ている自分の顔と、その女の顔は別人かと思うほどに変わっていたのだ。

スマートフォンに映し出された女は、まさに光り輝いていた。とても可愛らしい顔をしたその女は、とても楽しそうで、本当に嬉しそうで、悩みなどひとつもないかのようだった。

そして、琴音は自分が失ってしまったもののあまりの大きさに、今また新たに気づかされて愕然とした。

あんなことさえなければ……。

今も琴音は頻繁にそれを考える。今とはまったく違う世界で生きている自分のことを。

そう。あんなことさえなければ、琴音はまったく違う日々を生きていたはずなのだ。強い光に照らされた道を、笑みを振り撒きながら生きていたはずなのだ。

モデルとしてさらに活躍ができたかもしれない……好きな人が現れ、その人と結婚をして、子供を産んでいたかもしれない……あるいは、自分でも予想しなかった、まったく別の仕事に就いていたかもしれない。

あの頃の琴音は、将来は女優という仕事をしてみたいと思うこともあった。

だが、訪れるかもしれなかったその未来は、あの男たちによって、完全に叩き潰されてしまった。あの男たちは一時の性欲を満たすだけのために、眩しいほどに光り輝いていたひとりの女を地獄の底に突き落としたのだ。琴音の魂を抹殺したのだ。

それは絶対に許せることではなかった。

「だったら、もうやめる？　琴音が乗り気じゃないなら、もうやめる？」

琴音の目をじっと見つめ、穏やかな口調で景子が訊いた。

琴音は反射的に首を左右に振り動かした。

「ごめんね、景子さん。聞かなかったことにして。わたしはやめない。絶対にやめない」

その言葉を耳にした景子が、ゆっくりと、だが深く、頷いた。

やめるわけにはいかなかった。ここまで来たからには、何が何でも、やり遂げなければならなかった。

3

広瀬慎太郎の右手を叩き潰してから十日がすぎていた。

広瀬が警察に駆け込んだとすれば、琴音の下に警察がコンタクトしてくるはずだった。だが、警察からの連絡はなかったし、いくら調べても、ネット上では外科医が右手を叩き潰されたという情報も見つからなかった。

その後の彼を、景子はよく知らなかった。だが、大学病院の消化器外科のウェブサイトから、彼が突如として姿を消したということはわかっていた。

そう。広瀬慎太郎は消化器外科専門医としての未来を永久に絶たれたのだ。きっと今頃、失意のどん底にいるのだろう。

憐れだとは思わなかった。

罪人は、その罪を償わなくてはならないのだ。

自宅の仕事場でパソコンに向かって景子が仕事を続けていると、玄関のドアが開けられる音が聞こえ、「ただいまーっ！」という琴音の声が室内に響いた。

「お帰りーっ！」

反射的に笑みを浮かべ、景子は大きな声で応じた。

すぐにパタパタという足音が小走りに近づいてきて、ドアが軽くノックされた。

「今、大丈夫？」

「うん。大丈夫だよ」

景子が返事をした直後に、琴音が勢いよくドアを開いた。

きょうの琴音は白い半袖のTシャツに、色褪せたジーンズを穿いていた。

「クロワッサンを買いに行ったんだけど、美味しそうなパンがたくさんあったから、買いすぎちゃったよ」

嬉しそうな口調でそう言うと、琴音がそばにあったテーブルの上に、エコバッグから取り出した惣菜パンを次々と並べ始めた。

「本当にたくさん買ったんだね」

「うん。どれも美味しそうだったから。景子さん、あそこのパン、好きでしょう?」

景子を見つめて琴音が嬉しそうに笑った。

その笑顔を見ながら、琴音は変わったな、と景子は心から思った。

景子と出会った頃の琴音は笑わなかった。いや、笑いはしたが、それは景子に見せるために無理に笑っているという感じだった。

けれど、時間の経過とともに、その笑顔は少しずつではあったが、自然なものに近づいていった。

広瀬慎太郎に復讐を遂げてからも、琴音は二度のフラッシュバックに見舞われていた。その二度はどちらも、それまでと変わらぬ激烈なものだった。

もしかしたら、復讐をしたことで神経が過敏になってしまい、逆にフラッシュバックの頻度が高まってしまったのかもしれなかった。

だとしたら、広瀬への復讐にどれほどの意味があったのかはわからなかった。たとえ残りのふたりに復讐を果たしたとしても、やはりフラッシュバックは続くのかもしれなかった。

それでも、琴音はやはり変わりつつあった。景子はそれを確かに感じた。

もちろん、かつての琴音が戻ってくることはないのだろう。それでも、景子はすべての復讐を成し遂げた時の琴音の姿を、自分の目で見届けたいと思った。

## 4

『小山不動産』の専務である小山裕太には、本社社屋の二階に明るくて清潔な役員室が与えられていた。その役員室のデスクに座り、裕太は電源がオフになったままのパソコンをぼんやりと見つめていた。

以前の裕太はこの役員室で頻繁にビデオゲームに興じていた。特に午後は、たいていそんなことをして時間を潰していた。

少し前まで、裕太はのんべんだらりと生きていた。特別に楽しいことというものはなかったが、悩み事のようなものもほとんどなかった。

だが、今から半月ほど前、水泳部の先輩だった臼井から驚くべき連絡があった。慎太郎の病院のサイトに、小川琴音と思われる女からのメッセージが届いたというのだ。

それは裕太にとって、青天の霹靂《へきれき》ともいうべきものだった。

『もしかしたら、俺たちのところにも、あの女から連絡がくるかもしれない』

電話から聞こえる臼井の声は強ばっていた。いつも自信満々の彼の、そんな声を聞いたのは初めてのような気がした。

驚いた裕太は、慎太郎に連絡を取ろうと何度も思った。けれど、結局、連絡をしなかった。現実に向き合うのが恐ろしかったのだ。

一週間ほど前の午後、また臼井から電話がきた。慎太郎が大学病院を辞めたらしいというのだ。臼井によれば、慎太郎は電話にも出ないし、ＬＩＮＥやメールのメッセージにも応答しないのだという。

臼井との電話の直後に、裕太はついに慎太郎に電話を入れた。慎太郎と裕太は、性格は対照的だったが、なぜか気が合い、当時は誰よりも親しくしていた。

電話は通じたが、慎太郎は応答しなかった。ＬＩＮＥのメッセージも既読にはならなかった。

慎太郎の身にどんなことが起きたのかはわからない。だが、大学病院を辞めたというのは只事ではないはずだった。慎太郎はあの病院で偉くなり、最終的には院長になることを本気で目指していた。

『きっと、次は俺かお前のどちらかに、あの女から連絡がくるだろう』

あの日の電話で、臼井は裕太にそう言った。

「もし、連絡がきたら……臼井さんは、あの……どうするつもりですか？」

役員室には誰もいないというのに、裕太は反射的に声をひそめた。

『今はまだ、よくわからない。だけど……金で解決するしかないと思う』

「金で……解決できるんですかね？　もし、できるんだったら、なぜ、慎太郎はそうしなかったんでしょう？」

裕太はスマートフォンを握り締めた。その手が汗でぬるぬるとしていた。

『俺にもわからない。だが、金を払うほかに解決策はないと思う。慎太郎のやつが、あの女にいくらの額を提示したのかは知らないが……一千万や二千万じゃ、あの女は納得しないのかもしれないな』

あの日、臼井は声を強ばらせてそう言った。

次は俺だろうか？　それとも、臼井さんだろうか？

　そう考えると、強烈な不安が込み上げ、居ても立ってもいられなかった。食欲もなくなり、鏡に映った顔は病人のようにげっそりとしていた。

　今はまだ、小川琴音は警察には通報していないように思われた。だが、もし、彼女が通報した時には、とんでもないことになるかもしれなかった。

　殺そうとしたのは臼井さんだ。殺人未遂の罪に問われるのは臼井さんだけで、俺はただ強姦しただけだ。

　あれから何度もそう考えた。けれど、何の罪もない小川琴音を拉致監禁し、集団で繰り返しレイプしたというだけでも、充分すぎるほど充分な重罪だった。

5

　きょうはひどく蒸し暑かった。役員室にはエアコンが効いていたけれど、暑がりの裕太は額に汗を光らせていた。

　何も映されていないパソコンを眺め続けていると、すぐ脇にある窓から、会社の駐車場に黒いレクサスが停まるのが見えた。顧客に会いに行った母が戻ってきたのだ。

　裕太は虚《うつ》ろな視線を磨き上げられたレクサスへと向けた。

すぐに運転席から営業部の田中大樹《たなかだいき》が降り、助手席の背後にある後部座席のドアに駆け寄り、そのドアをうやうやしく開けた。

そのドアからまず、恐ろしく踵の高いパンプスが現れ、続いて薄いストッキングに包まれた細い足首と、引き締まったふくらはぎと、裕太の腕ほどしかないほっそりとした太腿が現れた。会社での母はいつも、フランスの高級ブランドのパンプスを履いていた。

黒塗りのレクサスから降り立った母は、やはりフランスの高級ブランドの洒落たスーツ姿で、小さな尻に張りつくようなスカートの丈は際どいほどに短かった。会社での母はたいていミニ丈のスカートを穿いていたが、『巽興産《たつみこうさん》』に営業に行く時にはいつもよりさらに丈の短いスカートを穿くのが常だった。

きょうも母は大きなサングラスをかけ、栗色に染めた長い髪を緩やかにカールさせ、たくさんのアクセサリーを身につけていた。きっとその体からは今も、ジャスミンのような香りが漂っているのだろう。

車のすぐ脇に立ち、右手でそっと髪を掻き上げている母を裕太はじっと見つめた。長く伸ばした母の爪には、いつものように派手なジェルネイルが施されていた。

その女こそが、裕太の理想の人だった。

彼女は母であると同時に、裕太の庇護者であり、最大の理解者であり、憧れの女神であり……そして、許されないことではあったが、性的な欲望の対象でもあった。

裕太の母の冴子《さえこ》は五十六歳だった。だが、ほっそりとしたその姿は、三十代だと言っても通用しそうだった。母はその容姿を保ち続けるために、日々、フィットネスクラブに通ってヨガと水泳に励み、実に頻繁にエステティックサロンとネイルサロン、それにヘアサロンと審美歯科医院に通っていた。

母は定期的に美容外科クリニックにも通院していて、顔だけでなく、体のあちらこちらに絶えず手を入れていた。

母が美容外科クリニックに通っていることは、裕太しか知らないことになっている。だが、会社のみんなはとっくに勘づいていることだろう。五十六歳になった女が、皺ひとつない顔をしていられるというのは、どう考えても不自然なことだったからだ。

ほっそりとしているにもかかわらず、母はとても豊かな乳房の持ち主だった。もちろん、その乳房も豊胸手術で得たものだった。

車から降りた母は、引き締まった長い脚をゆっくりと動かし、豊かな胸を突き出し、背筋をまっすぐに伸ばして歩き始めた。自信に満ちたその姿は、ステージを歩くファッションモデルのようにも見えた。

実の息子であるにもかかわらず、裕太はその姿を色っぽいと感じていた。

顧客の男たちの何人かも、同じことを感じているようだった。母はそういう男たちの心理を、実にうまく商売に利用していた。

母に「おかえりなさい」と言うために、裕太はゆっくりと立ち上がった。その心は今も、強い不安でいっぱいだった。

小川琴音の件では、裕太は大きな後悔をしていた。その後悔は『あんなことをしなければよかった』というものではなく、『あの時、あの女を、もっとしっかり殺しておけばよかった』というものだった。

6

小山裕太は三十三歳。母の冴子が自分の父親から譲り受けた社員五十名ほどの『小山不動産』で専務として働いていた。

働いていた?

いや、ほとんど働いていなかった。それでも、社内には優秀な者が何人もいたし、母は今も営業の先頭に立って奮闘していたから、裕太が働かずとも経営に支障が出るようなことはなかった。

附属高校から無試験で進学した大学の経済学部を卒業すると、裕太はすぐに『小山不動産』に就職した。母に命じられたからだった。母も大学を卒業するとすぐに、自分の父が経営しているこの会社で働き始めたと聞いていた。

しばらくは他社で働いてみたいという気持ちもなくはなかった。だが、逆らえなかった。裕太にとって、母の命令は絶対だった。

そう。裕太の進路はいつも母がひとりで決定し、いつもそれに素直に従った。反抗期のようなものはなかった。いや、あったのかもしれないが、母は反抗することを許さなかった。母にはヒステリックなところがあり、逆らった時には大声で裕太を怒鳴りつけ、容赦ない体罰を下したのだ。

その代わり、裕太が自分の思い通りに行動した時には、母はいろいろな『ご褒美』を与えてくれた。有名私立大学附属の高校の試験に受かった時には『ご褒美』として高価なマウンテンバイクを買ってもらったし、大学に進学した時にはスポーツタイプのアウディの新車を買ってもらっていた。

だが、裕太が望むいちばんの『ご褒美』は、母に頭を撫でてもらったり、両手で抱き締めてもらったり、頰にキスをしてもらったりすることだった。

最近では大口の顧客との商談を首尾よくやって社に戻ってきた時に、母は社長室で裕太に「よくやった。でかした」と満面の笑みで言ってから、右の頬にそっと唇を押し当ててくれた。今から一月ほど前のことだった。

頬にキスをしてもらうのは、実に久しぶりだった。

その『ご褒美』が欲しくて、裕太は母の命令に従ってきたし、今も従い続けていた。

裕太は父をよく知らない。彼が赤ん坊だった頃に両親が離婚したからだ。

父は小山家の婿養子で、両親は見合い結婚だったが、夫婦仲は最初からよくなかったと聞いている。

母は裕太を産むとすぐに、手切れ金を渡して父に離婚を迫ったのだという。実の父が持ってきた見合いに母が同意をしたのは、跡取りとなる子供が欲しかったからで、夫となる男への愛情は少しもなかったようだ。

父のほうも簡単に離婚に同意したと聞いている。ふたりが夫婦でいたのは、一年ほどの短いあいだだった。

写真で何度か見たことのある裕太の父は、色白で太っていて、顔が赤くて、鼻が低くて、人のよさそうな優しい顔をしていた。母は気の強そうな顔立ちの美人だったから、裕太は父に似たのだろう。

最初の離婚のあと、母は二度の結婚をしていた。今度はどちらも、恋愛結婚だった。けれど、そのふたりとも長くは続かなかった。母には世界は自分を中心にまわっていると考えているようなところがあったから、誰と付き合ってもうまくいかないのだろう。

自己中心的な性格ではあったが、母はとても勘の鋭い女だった。だから、きっと母は裕太が自分に性的関心を抱いていることに、とうの昔に気づいているのだろう。そして、そのことをうまく利用して、裕太を自分の思いのままにコントロールしているのだろう。

自分が母にうまく操られていることは裕太にもわかっていた。だが、少なくとも今のところ、それで困るようなことは何もなかった。


高校生だった頃も、大学生だった頃にも、裕太には恋人がいたことはなかった。好みの女に告白したことは何度かあったが、いつも必ず断られていた。

裕太は女にモテる男ではなかったのだ。

『小山不動産』に就職してからもそれは変わらず、浮いた話は一度もなかった。気が強くて、スタイルが良くて、母に少し似ている経理部の桜田友美恵《さくらだゆみえ》には密かな思いを寄せていたが、それを彼女に打ち明けることはしなかった。どうせ断られて、恥をかくに決まっているからだ。

健康で食欲旺盛な裕太は人並み以上の性欲の持ち主だったから、その欲望をもっぱら風俗店などで満たしていた。

裕太の好みは母に似たスタイルのいい美人だった。風俗嬢や出張売春婦との行為の最中にはいつも、切なげに顔を歪めて淫らな声をあげている彼女たちに、母の姿を重ね合わせていた。

## 7

裕太が自分の名を口にしながら社長室のドアをノックすると、すぐに室内から「入りなさい」という母の返事が聞こえた。

「社長、おかえりなさい」

ドアを開けた裕太は、大きなデスクの向こう側に座っている母に言った。会社では『お母さん』ではなく、『社長』と呼ぶように命じられていた。

「ただいま」

裕太に視線を向けて母が答えた。サングラスを外したその顔には、いつものように濃密な化粧が施されていた。

「巽さんの仕事、うまくいった？」

「わたしがヘマをするわけないでしょう？」

得意顔になった母が言った。睫毛エクステンションが目の下に小さな影を作っていた。ルージュに彩られた唇のあいだから覗く歯は、透き通るように白かった。

「それはそうだよね」

意味もなく裕太は笑った。

きょうの母の営業先の『巽興産』は、『小山不動産』が都内の一等地に所有するインテリジェントビルの一階と二階のスペースを使用している、それなりに大口の顧客だった。『巽興産』の社長の巽大輔《だいすけ》は二度の離婚歴のある六十歳だが、三度の離婚経験者である裕太の母にぞっこんのようだった。

好色そうな巽社長は、裕太が営業担当をしていた時には頻繁にオフィスの賃借料の減額を求めてきた。だが、母に担当が替わってからは何も言わなくなったどころか、その増額にさえ応じたということだった。

その見返りとして、母が何をしているのかは知らなかった。だが、何となく想像はついていた。

「裕太、やっぱり顔色が悪い。病人みたいに見える」

アイラインに縁取られた目で、母が裕太をまっすぐに見つめた。

「そうかな？」

裕太は思わず顔を背けた。

「この頃、何をしていても、心ここにあらずって感じよ。何か心配なことがあるんでしょう？　きょうこそはちゃんと話しなさい。これは業務命令よ」

強い口調で母が言うと、デスクの引き出しから加熱式煙草を取り出した。社内は禁煙だったが、この社長室だけは別だった。

慎太郎の件で臼井からの電話を受けた直後に、母は裕太の変化に敏感に気づいた。彼は思っていることがすぐに表情に表れてしまうのだ。

母はこれまでにも何度となく、「何があったの？」と裕太を問い詰めた。だが、裕太はそのたびに、「疲れてるだけだよ」とか、「胃がムカムカするんだよ」などと、適当なことを言って誤魔化《ごまか》していた。

本当は母に縋《すが》りたかった。今まで、何か困った問題が持ち上がるたびに、裕太は母に相談し、そのたびに助けてもらっていた。

けれど、今度ばかりは相談することはできなかった。

そう。何があろうと、母には言えなかった。売れっ子モデルだった女を拉致して集団でレイプしたなんて……水泳部の先輩の臼井純平が、そのモデルの首を絞めて心肺停止の状態にさせたなんて……息を吹き返したその女が、間もなく自分を脅しに来るはずだなんて……そんなことは、口が裂けても言えなかった。

「だから、あの……見合いのことが気になってさ」

無理に微笑みながら裕太は言った。

それはまったくの嘘というわけではなかった。臼井からの連絡が来るまでは、見合いのことに頭を悩ませてもいたのだ。

8

母はこれまでに五回……もしかしたら六回、裕太に見合いの話を持ってきた。『孫の顔を見せて』というのが母の言い分だった。

母はひとり息子の裕太を、自分のコントロール下に置いておきたいと望んでいた。だが同時に、会社の跡取りとなる孫の存在が必要だとも考えていた。

『わたしはどうしても孫の顔が見たいの。だから、結婚しなさい。これは社長としての命令よ』

見合いの話を持ってくるたびに、母は強い口調でそう言った。

だが、そのたびに、裕太は何だかんだと理由をつけて、それらの話を断っていた。母の言いつけには逆らいたくなかったけれど、どの見合い相手も裕太の好みとはかけ離れていたからだ。

裕太の理想の女は母だった。この世の中で母ひとりだけだった。母にもそれはわかっているはずだった。

その母が最近また、見合い話を持ってきた。相手は母の遠い親戚に当たる、三橋真弓《みはしまゆみ》という三十歳の女だった。

見合い写真の三橋真弓は、少し気の強そうな顔をしたなかなかの美人で、目元や口元の感じがどことなく母に似ていた。母がきっと意識して、そんな女を選んだのだろう。

真弓には離婚歴があるようだったが、子供はいなかった。身上書によれば、その女は背が高く、すらりとしていて、スタイルも悪くなさそうだった。

「離婚歴があるのは気に入らないけど、子供はいないし、あんたの容姿を考えたら、ある程度の妥協はしないとね。どう、裕太？　この人だったら文句はないでしょう？　わたしほどじゃないけど、写真を見る限り、この人もかなりの美人よ」

そう言って、母が裕太に挑むような視線を向けた。

あまり気乗りはしなかったけれど、そろそろ正念場だと考えた裕太は、その女との見合いに同意した。心のどこかでは、母に似ているその女にだったら、性的な高ぶりを覚えるかもしれないとも考えていた。

今週の土曜日の夕方に、その女と都内のホテルで見合いをすることになっていた。

「お見合いのことが気になるって……いったい、何を気にすることがあるの？　お見合いの席では、あんたは黙って座っていればいいのよ。あとはすべて、わたしに任せて」

社長室のドアの前に立ち尽くしている裕太に母が言った。

三橋真弓と実際に会うのは、見合いの日が初めてだった。だが、彼女と裕太が年内に世帯を持つことはもう決定事項で、母はすでに結婚式の日取りを決め、式場となるホテルを予約し、招待客のリストも作っているようだった。

「一年以内に、わたしに孫の顔を見せなさい。社長命令よ」

加熱式煙草の白い蒸気を吐き出しながら母が言った。

「うん。わかってる。真弓さんと結婚するよ。孫の顔もすぐに見せる。だから、あの……そうだ、社長。ご褒美の前払いをしてくれない？」

「ご褒美の前払い？」

「うん。あの……お見合いでは絶対に上手くやって、真弓さんと結婚する。一年以内に孫の顔も見せる。だから……だから、あの……今、ほっぺたにキスをしてくれない？」

母の顔色を窺いながら、おずおずとした口調で裕太は言った。

「そうね……それじゃあ、先にご褒美をあげる」

母が静かに立ち上がり、加熱式煙草を手にしたまま、ゆっくりとした足取りで裕太に歩み寄った。

極端に短いスカートの裾から突き出した、細くて長い母の脚を、裕太は目を細めて見つめた。あまりにも色っぽくて、見つめずにはいられなかった。

「本当はお母さんも裕太に結婚なんかして欲しくないの。ふたりきりの今の暮らしが気に入っているの。でも、どうしても孫は必要だから、しかたないわね」

裕太と向き合うように立った母が言った。パンプスの踵が恐ろしく高いために、そんなふうに向き合うと、母の目は裕太のそれより少し上に位置していた。

「お母さん、じゃなく、社長はあの……僕に結婚してもらいたくないの？」

「それはそうよ。裕太はわたしだけのものだから」

そう言うと、母がわずかに身を屈め、裕太の右の頬にそっと唇を押し当てた。

その瞬間、裕太は両手で母を抱き締めたいという強烈な衝動に駆られた。

9

すぐにでも小川琴音から連絡があるかもしれないと思っていた。けれど、女からは何の連絡もないまま裕太は見合いの当日の土曜日を迎えた。

梅雨時だったにもかかわらず、朝からよく晴れて、空気が澄んでいて気持ちがよかった。だが、その清々しい天気とは裏腹に、裕太の心は不安に支配され続けていた。

裕太はあれから何度も慎太郎に連絡を取ろうとした。だが、彼はやはり電話に出なかったし、LINEのメッセージも既読にはならなかった。

はっきりとしたことは、わからない。だが、おそらく、慎太郎は小川琴音によって破滅させられたのだ。

だとしたら、自分や臼井をこのまま放置しておくはずはなかった。

ホテルでの見合いは夕方から行われることになっていた。母の支度に時間がかかるからだ。母は午前中からエステティックサロンとネイルサロンを梯子《はしご》し、その後はヘアサロンに行き、そこでメイクもしてもらっていた。

母が帰宅するのを待って、ふたりはタクシーで都内のホテルへと向かった。

裕太は濃紺のビジネススーツ姿だったが、母は真っ白なサテンのブラウスを身につけ、ぴったりとした黒いミニ丈のスカートを穿き、高級ブランドの黒いジャケットを羽織っていた。足元はとてつもなく踵の高い黒のパンプスで、いつものように、全身にたくさんのアクセサリーを光らせ、甘い香りを漂わせていた。

「裕太、やっぱり元気がないね。最近は食欲もないし……月曜日は会社を休んでいいから、病院に行ってきなさい」

タクシーの後部座席、裕太の左側に座った母が、濃密な化粧が施された顔を裕太のほうに向けた。座ったことによって、ただでさえ短いスカートが一段とずり上がり、薄いストッキングに包まれた太腿のほとんどが剝き出しになっていた。

「体調は悪くないんだよ。本当だよ。ただ、見合いなんて初めてだから、ちょっと硬くなってるだけなんだ」

裕太はこれまで何回も言った言葉をまた口にした。

「お母さん、本当に裕太が心配なのよ。大食漢のあんたが食べられないなんて、どう考えても普通じゃないもん。だから、月曜日には病院に行ってきて。社長命令よ」

心配そうな顔をして母が言った。

その瞬間、裕太はすべてを母に打ち明けてしまいたいという衝動に駆られた。

真実を打ち明けたら、母はびっくりして取り乱すに違いなかったし、裕太をヒステリックに罵るはずだった。

けれど、母なら何か、有効な解決策を考え出してくれるかもしれなかった。いや、きっと手を尽くして、最善の方法を見つけ出してくれるだろう。金で解決できるのだとしたら、その金は母に出してもらうしかなかった。

言おうかな。やっぱり相談してみようかな。

そう思った裕太は、皺ひとつない母の顔を見つめて口を開いた。

「あの……お母さん……」

母が裕太の目を覗き込むかのように見つめた。

裕太は告白しようとした。けれど、やはり、それはできなかった。

「いや、何でもない。あの……お見合い、うまくいくといいね」

裕太は色白の顔を歪めるようにして笑った。

ホテルのイタリア料理店で行われた見合いは和やかに進んだ。

初めて会う三橋真弓は写真で見た以上の美人で、すらりとしていてスタイルもよかった。そして、やはり、口元と目元の感じが母によく似ていた。彼女は真っ白なノースリーブのワンピースを身につけて、あでやかな化粧を施していた。母と同じように、伸ばしたその爪は美しいジェルネイルに彩られていた。

「初めまして、裕太さん。これからよろしくお願いいたします」

裕太を見つめてそう言うと、真弓は唇のあいだから白い歯を覗かせてにっこりと微笑んだ。その笑みはとても魅力的で、裕太は「こちらこそ、よろしくお願いします」と言って笑みを返した。

大手の印刷会社に勤務する真弓の父も、看護師だったという母も、とても嬉しそうな顔をしていた。彼らは裕太の母を、「お綺麗ですね」「お若くてびっくりしました」などと褒めちぎったから、母も終始ご機嫌だった。

二時間ほどの見合いのあいだに、真弓と裕太の結婚が正式に決まった。十一月にはそのホテルのチャペルで式を挙げ、大勢の客を招いて盛大な披露宴を行うことも決定した。

新婚旅行には裕太の母の提案で、バリ島に行くことまで決まった。その旅行代金は結婚祝いに母が負担してくれるようだった。ふたりの新居となる自宅の二階は、母が金を出して結婚までに改装することになっていた。

裕太がトイレに立った時に、そのあとを追うかのように真弓がやってきた。

「裕太さん、今度はふたりだけでデートしましょう」

微笑みながら真弓が言った。とても魅力的な笑みだった。

「デートですか？」

「ええ。素敵なホテルでディナーをして、バーでお酒を飲んで、その日はそのホテルに泊まりましょう。もちろん、その費用は裕太さん持ちよ」

真弓はそう言うと、今度はいたずらっ子のような笑みを浮かべた。

これから毎日、俺はお母さんとセックスができるんだ。

裕太は思った。ずっと垂れ込めていた暗雲の隙間から、わずかな光が差し込んだような気がした。

## 10

弾むような裕太の気持ちは、見合いの翌々日、月曜日の午前中まで続き、昼休みになる前に断ち切られた。

庶務課の平松朋花《ひらまつともか》が役員室に持ってきた何通かの郵便物の中に、差出人の欄に小川琴音と書かれた手紙が入っていたのだ。

ついに来た！

その瞬間、目眩《めまい》とともに胃が痙攣し、強烈な吐き気が込み上げてきた。

裕太は恐怖に手を震わせながらも、小川琴音から届いた飾り気のない茶封筒から中身を取り出した。

封筒に入っていたのは一枚の便箋だった。その便箋には青いインクを使った可愛らしい丸文字でこう書かれていた。

『広瀬さんは破滅しました。次はあなたの番です』

裕太は無言で役員室を出ると、廊下の突き当たりにあるトイレに駆け込んだ。そして、ひんやりとした白い便器を抱き、身を捩《よじ》るようにして何度も嘔吐した。

昼食前だったから、彼が吐いたのは泡の混じった黄色い胃液だけだった。

慎太郎が何をされたのか、今もわからなかった。だが、あの女によって葬られたことは間違いないようだった。

裕太はふらふらと立ち上がり、洗面台で何度か口をすすいだ。それから、脚を震わせて役員室に戻り、デスクの上に投げ出されていた忌まわしい手紙を再び手に取った。

「この俺を、いったい……どうするつもりなんだ？」

裕太は呟いた。またしても強い吐き気が込み上げてきた。

頭痛と吐き気を感じ続けながら、裕太は随分と長いあいだ椅子に腰掛けて茫然としていた。だが、やがて、スマートフォンを摑むと、共犯者である臼井に電話をかけた。父の秘書をしている彼は車で移動中のようだったが、すぐに折り返しの電話がかかってきた。

『そうか……来たか……』

スマートフォンから臼井の声がした。その声からは、ほとんど動揺は感じられなかった。

彼はこれぐらいのことで動揺するような男ではないのだ。

「臼井さんのところには、連絡は来ていませんか？」

絶え間なく込み上げる吐き気に耐えて裕太は尋ねた。

『俺のところにはまだ来ないな』

淡々とした口調で臼井が答えた。

「臼井さん、俺は、あの……どうしたらいいんでしょう？」

『そうだな。あの女はたぶん、間もなくお前の前に姿を現すはずだ。その時に、女の要求を聞いてこい』

「俺は、あの……待つしか方法がないんでしょうか？」

『今は待つしかないな。女から次の連絡が来たら、すぐに俺に教えろ。いいな？』

少し高圧的に臼井が命じた。

「臼井さんはどうするつもりですか？」

『次は間違いなく、あの女は俺にコンタクトしてくるだろう。その時のことを考えて、俺は何らかの対策を立てる』

「何らかって、あの……具体的には、どうするんです？」

『具体的なことはまだ決めてない。だが、こんな舐めたマネを始めたことを、絶対に後悔させてやる』

臼井が言った。どうやら彼は腹を決めたようだった。

脂汗でぬるぬるする手でスマートフォンを握り締めながら、裕太は臼井がどれほど恐ろしい男であるのかを思い出した。

## 11

あれは……裕太と慎太郎が高校一年生だった年の十一月中旬のことだった。

あの秋の日、裕太と慎太郎は水泳部の同期の水沼哲也《みずぬまてつや》と三人で、一泊二日の予定で西伊豆に行った。木々の葉が色づき始めていたが、彼らの目的は紅葉見物ではなく夜釣りだった。

裕太と哲也は中学生だった頃から、ふたりでよく釣りに出かけていた。慎太郎は釣りをしたことがないようだったが、裕太が誘うと「夜に堤防で魚を釣るのか？　何だか面白そうだな」と言って一緒に行くことになった。

あの頃の裕太と哲也は夜釣りに夢中になっていた。夜釣りを始めて間もなかったが、色白の裕太は日焼けに弱かったから、夜間の釣りが気に入っていたのだ。

あの夜は海辺の民宿で夕食を済ませ、夜の八時になるのを待って三人で近くの堤防に繰り出した。その堤防では日没直後ではなく、午後八時ごろから夜中の零時までの時間帯がよく釣れると聞いていたからだ。

鯵釣りのシーズンは終わりに近づいていた。だが、あの年は十一月になってからも例年以上に釣れていると民宿の主人が言っていた。

漁港に突き出した堤防に三人が着いたのは午後八時半頃だった。その時にはすでに、十人近くの釣り人が釣り糸を垂らしていた。

昼間は暖かかったが、日が沈むと一気に気温が下がった。堤防を吹き抜ける風はびっくりするほど冷たかった。三人は薄手のダウンジャケットを身につけていたけれど、じっとしていると足元から冷気が這い上がってきた。

哲也も裕太も大漁を期待していた。民宿の主人が「ここ数日は入れ食い状態だよ」と言っていたからだ。

けれど、どういうわけか、あの晩はさっぱり釣れなかった。周りの釣り人も同じで、みんな早々に諦めて堤防から立ち去ってしまった。

午後十時半をまわった頃に、哲也がもう帰らないかと提案した。その頃には、堤防に残っているのは裕太たち三人だけになっていた。とても寒かったから、慎太郎も帰りたそうな顔をしていた。

あの時に帰るべきだったのだろう。きっと、あの晩、鰺の群れはその堤防の周りにはいなかったのだ。

だが、裕太は「もう少しだけ頑張る」と言って、頑なに糸を垂らし続けた。翌朝には東京に戻る予定だったから、チャンスは今夜しかなかった。

「俺はもうやめた」

慎太郎がそう言って釣りを続けるのをやめ、すぐに哲也も「俺も諦めた」と言って釣り道具をしまい始めた。やることのなくなった慎太郎と哲也は、ふたりで堤防の先端に向かって歩いていった。

だが、裕太はそこに残って釣り糸を垂らし続けた。

頭上にはたくさんの星が瞬いていた。けれど、月は出ていなかったと記憶している。

裕太が最後に堤防の先端を見た時、慎太郎と哲也はそこに立っていた。ふたりがいるのは、裕太から五十メートルほど離れた場所だった。

絶え間なく押し寄せる波の音が聞こえた。けれど、ほかには何の音もしなかった。

少しして、裕太はまた堤防の先端に視線を向けた。

その瞬間、体の中を戦慄が走り抜けた。さっきまで堤防の先端にいたふたつの人影が、今はひとつだけになっていたからだ。

そう。そこにいるのは慎太郎だけで、哲也の姿は見えなくなっていた。

「おい、慎太郎っ！　哲也はどこだっ！　哲也はどこにいるんだっ！」

波の音に掻き消されないように、裕太は大声を張り上げた。

けれど、慎太郎は返事をしなかった。

声が聞こえなかったのだろうか？

そう思った裕太はすぐに立ち上がり、堤防の先端に向かって走った。

そこにはやはり、哲也の姿はなかった。辺りは暗かったけれど、慎太郎がひどく顔を強張らせ、体を震わせているのがはっきりとわかった。

「哲也はどうした？」

強い恐怖を覚えながら、裕太は慎太郎に訊いた。

「落ちた」

顔を強張らせたままの慎太郎が短く答えた。その声もまた、体と同じように震えていた。

裕太は反射的に、ところどころに白波の立っている海に視線を向けた。だが、海は真っ暗で哲也の姿を見つけることはできなかった。

三人は水泳部だったから、岸まで泳ぎ着くのは容易《たやす》いようにも思えた。けれど、哲也が水を吸い込みやすいダウンジャケットを身につけたままであることや、海水温の低さを考えると、溺れてしまったということも十分に考えられた。

「どうして落ちたんだ？　まさか、お前、見てたんだろ？　いったい、何があったんだ？」

裕太は慎太郎に尋ねた。

だが、慎太郎は返事をしなかった。顔を強ばらせて、大袈裟なほどに震えているだけだった。

「まさか……お前が、何かしたのか？　そうなのか？」

裕太はさらに尋ねた。

今度も慎太郎は返事をしなかった。だが、ひどく強ばったその顔を見れば、彼が哲也に何かをしたことは……堤防の先端に立って海を眺めていた哲也の背中を、背後から思い切り押して海に突き落としただろうということは容易に想像がついた。

裕太は再び真っ暗な海に目を向けた。けれど、白波の立つ海面に哲也の姿は見えなかった。

「落としたのか？　そうなのか？　いったい……いったいどうして、そんなことをしたんだ？　なぜなんだ？」

さらなる恐れが込み上げるのを覚えながら、裕太はさらに尋ねた。

だが、やはり慎太郎は何も言わなかった。

## 12

あの晩、裕太はその場から警察に電話を入れた。

「なぜ、突き落とした？」

電話を切った直後に、裕太はさらに慎太郎を問い詰めた。その時にはすでに、慎太郎が哲也を海に突き落としたと確信していた。

「俺にもよく……わからない……本当にわからない……気がついたら、哲也の……背中を押していたんだ」

上ずった声で慎太郎が答えた。

「気がついたらって……どういうことだよ？　どういうことなんだ？」

裕太はなおも慎太郎を問い詰め続けた。だが、彼からは意識的に離れていた。もしかしたら、慎太郎が自分も海に突き落とそうとするかもしれないと思ったのだ。

「誰にも言わないでくれ。頼む、裕太。このことは、ふたりだけの秘密にしておいてくれ」

声を震わせて慎太郎が言った。

裕太は奥歯を噛み締めて、慎太郎の顔を見つめていた。

そうするうちに、赤色灯を点灯させたパトカーや救急車が何台もやって来た。さらには、海上保安庁の船もやってきて、ライトで海面を照らしながら、実に長時間にわたって哲也の捜索を続けたと聞いている。

だが、慎太郎と裕太は、すぐにパトカーに乗って警察署に行き、そこで複数の警察官から事情聴取を受けた。

慎太郎は警察官たちに、海を覗き込んでいた哲也が誤って転落したという嘘をついた。

裕太は、自分は釣りをしていたから、その場面は見ていないと言った。慎太郎が哲也を突き落としたと確信していたが、それを口にすることはなかった。もし、それを言ったら、面倒なことになると思ったのだ。裕太は昔から『事なかれ主義』だった。

慎太郎の嘘を信じた警察官たちは、慎太郎と裕太に同情の視線を向けた。

裕太と慎太郎が民宿に戻ったのは、日付が変わってからだった。

ふたりきりの部屋で、裕太はさらに慎太郎を問い詰めた。慎太郎は口をつぐみ続けていたが、彼の顔を見ているうちに、裕太には何となくだが、その理由がわかったような気がしてきた。

明るくて、ハンサムな哲也は、昔から女子生徒たちの人気者だった。哲也は裏表のない性格だったから、慎太郎のことも親しい友人のひとりだと思って接していたはずだった。

だが、慎太郎のほうは哲也が失敗したり、恥をかいたりするたびに密かに嬉しそうにしていた。中学三年生の時に、学年一の美少女だと言われていた本間由香《ほんまゆか》に哲也が交際を申し込み、あっけなく断られた時にも嬉しそうな顔をしていたし、社会科のテストでマークシートのミスをして赤点を取った時にも嬉しそうにしていた。

両親とふたりの姉たちの愛情を受けてのびのびと育った哲也は、慎太郎の悪意にまったく気づいていなかったのかもしれない。だが、裕太は慎太郎の心の闇を、何度となく目にしていた。

慎太郎は気づかれないように注意していたようだった。けれど、本当の慎太郎は根が暗くて、嫉妬深い性格で、周りにいる者たちのことを、羨んだり、妬《ねた》んだり、嫉《そね》んだりしていた。

裕太はかなり以前から、そのことに薄々気づいていた。

水泳部での哲也はバタフライが専門だったが、少し前にあった次の大会のメドレーリレーの選考会で選手として選ばれなかった時には、慎太郎は自分も落選したにもかかわらず、哲也が落選したことを喜んでいるように見えた。

「慎太郎は昔から哲也が嫌いだったよな？　そうだったよな？」

思い詰めたような顔をしている慎太郎に裕太は訊いた。

「わからない。だけど……もしかしたら……そうだったの……かもしれない」

苦しげに顔を歪めた慎太郎が呟くように言った。

裕太は無言で首を左右に振り動かした。どんな理由があったとしても、友人を殺せる慎太郎が理解できなかった。

明るくて人気者だった哲也の人生は、慎太郎によって断ち切られてしまったのだ。何十年も続いていくはずだった生の時間を、こんなにもあっけなく奪い取られてしまったのだ。

どれほど好意的に考えても、それは許されることではなかった。

「誰にも言わないでくれ。頼む、裕太。この通りだ」

慎太郎が畳に額を擦りつけて頭を下げた。

「わかった。誰にも言わない。これは俺たちだけの秘密だ」

裕太は言った。心の中では、これで慎太郎に貸しができたとも感じていた。

## 13

その翌日も、水沼哲也の捜索は大勢のダイバーを投入して大規模に続けられた。漁港に停泊していた漁船もその捜索に加わった。

早朝には、哲也の両親が現場に駆けつけた。哲也の父親は都内で内科のクリニックを営んでいた。彼には大学の医学部に通うふたりの姉がいたが、男のきょうだいはいなかった。

海底に沈んでいた哲也の遺体が見つかったのは、その日の正午をすぎた頃のことだった。

検死の結果は溺死だった。哲也の肺の中からは多量の海水が検出されたらしかった。

知らせを聞いた哲也の母は泣き崩れた。父もまた息子の名を繰り返しながら涙を流した。

裕太には、そんなふたりを見ているのが辛かった。慎太郎もまた、ひどく思い詰めた顔をしていた。

あのことは、裕太と慎太郎だけの秘密にするはずだった。

だが、哲也の葬儀が終わった数日後に、裕太は臼井純平から部室に呼び出された。あの時、水泳部の部室にいたのは、臼井と裕太のふたりだけだった。

「慎太郎が殺したんだろう?」

部室のドアを閉めるとすぐに、臼井がそう切り出した。彼はとても勘のいい男だった。

「臼井さん、あの……どうして……そんなことを言うんです?」

努めて平静を装い、笑みを作って裕太は答えた。

「どうやら、図星のようだな」

凄むような顔をして臼井が裕太を見つめた。裕太は心の中のことが、すぐ顔に表れてしまう男だった。

裕太は返事をしなかった。無言で首を左右に振りながら、臼井の顔を見つめていただけだった。

「慎太郎は昔から哲也を嫌っていたもんな」

「そうなんですか?」

裕太はシラを切ろうとした。

「俺の目を節穴だと思っているのか? 慎太郎の様子を見ていれば、そんなこと、一目瞭然だ。あいつは哲也を嫌っていた。だから、殺した。そうだな?」

まさに臼井の言う通りだった。だが、やはり裕太は返事をしなかった。

そんな裕太の胸ぐらを、臼井がいきなり鷲掴みにした。そして、「返事をしろっ！」と大声で怒鳴りながら、裕太の頬を力任せに張り飛ばした。

臼井の暴力はそれだけでは終わらなかった。床に蹲った裕太の体のあちらこちらを蹴りつけながら、口を割るように迫ったのだ。

「言えよ、裕太っ！　言えっ！　言えっ！」

そして、裕太はついにそれを口にしてしまった。

「やっぱり、そうだったのか」

顎先から胃液を滴らせながら床に蹲っている裕太を見下ろして、勝ち誇ったかのように臼井が言った。

その翌日、今度は慎太郎が臼井に呼び出されたようだった。

あとから聞いた話だが、慎太郎もまた、ふたりきりの部室で臼井から激しい暴行を受け、自分が哲也を堤防から突き落としたことを白状したようだった。

「よし。これは俺たち三人の秘密にしてやる。だが、何かあった時には、俺はそのことを公にするぞ。いいな、慎太郎？」

口を割った慎太郎に、臼井はそう言ったようだった。

「裕太、どうして臼井さんに言ったんだ？　誰にも言わないって約束だったじゃないか？」

後日、慎太郎が裕太に恨みがましい口調で言った。

「俺を責めるなよ。悪いのはお前じゃないか」

裕太は言い返した。

いずれにしても、それからの裕太と慎太郎は、臼井には逆らうことができなくなってしまった。

そう。臼井純平という男は、とても恐ろしい人間なのだ。明るくお茶目で、剽軽な人物を装ってはいるが、本当の彼は自分の利害しか考えていない悪魔のような男なのだ。

確かめたわけではないが、昔、女の子を絞め殺したことがあるというのも事実なのかもしれなかった。

少し前にインターネットで調べてみたら、二十年ほど前に房総半島の別荘地で十三歳の少女が突如として姿をくらまし、今も行方不明のままになっていた。その別荘地には、臼井の父が所有する別荘もあるらしかった。

## 14

小山家には週に六日、通いの家政婦がやって来て家事をこなし、その日の夕食を作っていた。手の込んだその夕食を、広々としたダイニングルームのテーブルに母の冴子と向き合ってとるというのが裕太の日常だった。

けれど、その日は強い吐き気が続いていて、何も口にする気にはなれず、疲れたから先に寝ると母に告げて二階の自室に閉じこもった。

母はそんな息子をひどく心配して、裕太の部屋にやって来た。湯上がりの母は、いつものように踝丈《くるぶしだけ》の白い木綿のナイトドレスを身につけていた。

「どうしたの、裕太？　いったい、何があったっていうの？」

ベッドに横たわり、掛け布団を頭から被っている裕太に母が訊いた。

裕太はまた、母にすべてを打ち明けたいという強い衝動を覚えた。

けれど、やはり言えなかった。

母に軽蔑されたくなかった。失望されたくなかった。自分の息子が卑劣極まる男なのだと、母にだけは思われたくなかった。

「何でもないんだよ。たぶん……夏バテだと思う」

布団からわずかに顔を出して裕太は母に言った。

「夏バテって……まだそんなに暑くないけど……」

ベッド脇で腰を屈めて裕太を見下ろした母が、眉のあいだに深い皺を寄せて言った。化粧を落とした今も、裕太は母のその顔を美しいと感じた。

薄いナイトドレスの向こうに、母の体の線がうっすらと透けていた。大きく開いた襟元からは浮き上がった鎖骨が見えた。

「でも、夏バテだと思う。もしかしたら、夏風邪かもしれない。食欲がないし、頭痛や吐き気もあるから……あした、病院に行って診てもらってくるよ」

心配そうな顔をして頷きながら、母が手を伸ばし、ジェルネイルに彩られたほっそりとした指で裕太の額にそっと触れた。

いつものように、母の手はひんやりとしていた。

「熱は……ないみたいね」

「うん。大丈夫だよ。心配かけて、ごめんね」

そう口にした瞬間、急に涙が込み上げてきて、裕太は思わず両手で顔を覆った。

「どうしたの？　何かあったんでしょう？　お母さんにちゃんと話して」

ベッドに身を乗り出した母が訊いた。裕太は指のあいだから、心配に歪んだ母の美しい顔を見た。

次の瞬間、裕太は勢いよくベッドから上半身を起こした。そして、すぐそこにある母の華奢な体を両手で抱き締め、自分がいるベッドに強引に引き摺り込んだ。

「あっ！　何をするのっ！」

ベッドに引き摺り込まれながら、母は息子の腕を払い除けようとした。けれど、裕太はさらに強く母を抱き締め、力ずくで自分と向き合うような姿勢でベッドに横たわらせた。

「何なの、裕太？　どういうつもりなの？」

すぐ前にある息子の顔を見つめて母が言った。母の吐く湿った息からはスペアミントの香りがした。

「ほんの少しだけ、ここで一緒にいてほしいんだ……ほんの少しだけ、ここでこうしていてほしいんだ」

それだけ言うと、裕太は母の体を一段と強く抱き締め、不自然なほど豊かな胸のあいだに自分の顔を強く押しつけた。

そんなことをするのは、ごく幼い頃以来だった。ナイトドレスの下に、母はブラジャーをつけていなかった。

母はひどく戸惑ったようだったが、抗いはしなかった。自分の胸に顔を埋《うず》めている長男の頭を、何度か優しく撫でただけだった。

「何があったの？　今すぐ話して。お母さん、裕太の力になりたいの」

今度は裕太の背をさすりながら母が言った。

「怖いんだ……怖いんだよ……怖い……怖い……」

母の胸に顔をぎゅっと押しつけたまま、裕太はうわ言のように繰り返した。

「だから、何が怖いの？　話してくれないとわからないよ」

幼い子供に言うような口調で母が尋ねた。

「訊かないで……何も訊かないで……」

裕太は呟くように言うと、子供のように骨張った母の尻にナイトドレスの上からそっと触れた。

「わかった。でも、困ったことがあるのなら、ちゃんと話してね。お母さんにできることなら何でもするからね」

「ありがとう、お母さん……ありがとう……ありがとう……」

そう繰り返しながら、裕太は母の尻をさらに撫で、その後は引き締まった背中を静かに撫でまわした。今度もやはり、母は抗わなかった。こんな時だというのに、男性器が硬直を始めるのが感じられた。

裕太は胸から顔を離し、今度は目の前にある母の目を見つめた。これほど至近距離から見つめても、母の顔には皺ひとつ見つけられなかった。

「まるで赤ちゃんね」

裕太の目の前でルージュのない唇が動いた。

その瞬間、裕太は首を伸ばすようにして、母の唇に軽く自分のそれを触れ合わせた。

母は少し驚いたような顔をした。だが、もう何も言わなかった。

母の体に身を重ね、その唇を貪りたかった。薄いナイトドレスを胸の上まで捲り上げ、豊かな乳房にじかに顔を押しつけたかった。赤ん坊だった時のように乳頭を吸いたかった。いや、本当はそれ以上のことをしたかった。

けれど、どうしたって、それは許されることではなかった。

「お母さん……好きだよ……大好きだ……大好きだ……」

骨張った母の二本の脚のあいだに自分の太い脚を深く押し込みながら、裕太は執拗に繰り返した。男性器がさらに強く硬直した。

## 15

翌日の夜、久しぶりの残業を終えた裕太は、自家用車に乗って帰宅するために、会社の裏手にある駐車場に向かって力ない足取りで歩いていた。

六月の夜空には分厚い雲が低く垂れ込めていた。今夜は満月だということだったが、雲に遮られて月はまったく見えなかった。

きょうの午後、母に執拗に命じられて、裕太は会社の近くにある内科医院を受診していた。医師の診断は『特別な異常はない』というものだったが、念のために採血と採尿が行われた。医院から戻った裕太は医師の言葉を母に伝え、彼女は納得できないという顔をしながらも「とりあえず、ほっとした」と言って微笑んだ。

今夜、その母に裕太は、自分たちが小川琴音にしたことを打ち明け、協力を求めようと考えていた。

愛する母に、自分の卑劣さを知られたくはなかった。だが、こうなった以上、それ以外に方法がないように思われた。その時には水泳部の先輩だった臼井に強引に誘われ、嫌だったけれど断り切れなかったと涙ながらに言うことにしていた。小川琴音を強姦したのは臼井と慎太郎のふたりだけで、自分は何もしていないとも言うつもりだった。

背後から「小山さん」という女の声が聞こえたのは、駐車場で車のロックを解除した時だった。

裕太は足を止めて振り向いた。

「あっ」

思わず声が出た。そこにあの女が……小川琴音が立っていたからだ。

裕太は息をすることさえ忘れて、ほっそりとした女の姿を亡霊でも見るかのように見つめた。

あれから三年近い歳月が経過し、少女のようだった小川琴音はいくらか大人びていた。

裕太の記憶の中の彼女は、可愛らしい顔にうっすらと化粧を施し、長く美しい髪を背中に垂らしていた。いくつかのアクセサリーも身につけていたように記憶している。

けれど、今夜の女はすっぴんで、長かった髪はベリーショートにカットされていた。女は白い厚手の長袖トレーナーに、だぶだぶとした黒いパンツを穿いていた。足元はスニーカーで、アクセサリーはひとつも身につけていないようだった。

化粧っ気はなかったが、女の顔は今も目を逸らせなくなるほど美しかったし、アイドルのように可愛らしかった。体の線が隠れるような衣類を身につけているにもかかわらず、今もほっそりとした体つきを維持していることが見て取れた。

「小山さん、ご同行願います。そこにタクシーを待たせてあります」

大きな目で裕太を見つめた女が、細く透き通った声でそう言った。いつまでも聞いていたくなるような、とても美しい声だった。

こういう声で話す女だったのか。

裕太は思った。あの日の女は泣き叫んだり、悲鳴をあげたり、呻いたり、喘いだり、許しを乞うたりはしたけれど、普通に話すのを聞いたのは今が初めてだった。

「小川さんの要求は何ですか？　小川さんは俺に、何を求めているんですか？」

声が震えたり、うわずったりしないように気をつけて裕太は訊いた。

「それは、あとで話しましょう。ご同行願います」

裕太を見つめた女が静かな口調で告げた。女の表情は穏やかで、大きなその目には怒りも憎しみも浮かんでいなかった。

「小川さんは、あの……おひとりですか？」

さっと辺りを見まわしてから裕太は訊いた。

「はい。ひとりです」

そう言うと、すぐに女が歩き出した。

行かないという選択肢はなかった。胃が締めつけられるような緊張感に包まれながらも、裕太は白いトレーナーに包まれた女の背を追った。

すぐそこにハザードランプを点滅させた一台のタクシーが停車していた。初老の男が運転席に座っていたが、車内にはほかの人物の姿はなかった。

タクシーの後部座席には女が先に乗り込んだ。裕太は意識的に深呼吸をしてから、女に寄り添うようにしてシートに腰を下ろした。

すぐにタクシーが走り始めた。運転手は行き先をすでに聞いているのだろう。

「どこに行くんですか？」

ひどく汗ばんだ手を膝の上で握り合わせて、裕太は右側に座っている女の顔を見つめた。マスカラもエクステンションもつけていないというのに、女の睫毛は驚くほど長かった。

「着けばわかります」

やはり静かな口調で女が答えた。

裕太は足元に置いた黒革の鞄に手を伸ばし、それをそっと胸に抱きかかえた。

その鞄の中には大きなサバイバルナイフが入っていた。不測の事態が起きた時のためにと、前夜のうちに入れておいたのだ。

タクシーの中で裕太は何度も小川琴音の横顔に目をやった。けれど、女は裕太のほうには顔を向けなかった。言葉を発することもなかった。

無意識のうちに唇を舐め続けながら、裕太は窓の外に視線を向けた。タクシーは郊外へと向かっているようだった。

## 16

一時間近く走り続けたタクシーが停まったのは、畑が広がっている中に、ぽつりぽつりと家が建っているようなところだった。

「着きました。降りてください」

やはり静かな口調で小川琴音が告げた。

裕太は無言で頷くと、奥歯を嚙み締めるようにして車を降りた。今も強い緊張が全身を包んでいた。脚も震えていた。

支払いを済ませた女がタクシーを降り、車はすぐに走り去った。

「ここはどこですか?」

しきりに周りを見まわし続けながら裕太は訊いた。

「どこだっていいじゃないですか」

素っ気ない口調で女が答えた。

静かだった。点在している家の明かりは灯っていたし、ところどころに街路灯はあった。けれど、辺りはかなり暗くて、歩いている人の姿はまったく見えなかった。畑の中でたくさんの虫の鳴く声がした。遠くから車のエンジン音も微かに聞こえた。

ふたりが立っているのは畑の中の細い道で、足元はひどく傷んだアスファルトだった。道の両側には狭い用水路があり、その周りに背の高い雑草が鬱蒼と生い茂っていた。

すぐそばに雑木林があるのが見えた。

あの雑木林に女を連れ込んで、絞め殺してしまったらどうだろう?

一台の大型の商用バンが猛スピードで走ってきたのは、裕太がそう考えている時のことだった。

濃紺の大型商用バンはふたりの脇で停止した。その運転席と助手席に、それぞれ女が乗っていた。

　すぐに運転席のドアが開き、ずんぐりとした体つきの大柄な女が降りてきた。女はグレーのパンツスーツを身につけていた。

　車を降りた女は、無言で裕太に歩み寄ってきた。女は目が小さくて、顔が丸くて、鼻が低く、美人という言葉とは対極にあるような容姿だった。

「この人は……どなたですか？」

　すぐ脇に立っている小川琴音に裕太は訊いた。

「わたしの命の恩人です」

　その言葉に裕太は無言で頷くと、『命の恩人』という言葉の意味を考えながら、目の前に立ち尽くしている大柄な女を見つめた。

　その女はとても筋肉質で、がっちりとした体つきをしていた。パンツスーツの上からでも、それがよくわかった。腕も太腿も裕太に負けないほどに太かった。女は無表情だったが、その小さな目には蔑みの色がはっきりと現れていた。

「この人が小山裕太さんです」

　大柄な女に小川琴音が言った。

　その直後に、商用バンのサイドのスライドドアがゆっくりと開き始めた。

「中で話そう。あの椅子に座れ」

車の中を指差した大柄な女が、太い声でそう命じた。

広々としたバンの荷室部分には、キャンプの時に使うような折り畳み式の小さな椅子が三脚置かれていた。

今回も車に乗らないという選択肢はなかった。いや、助手席にいるのが大柄で凶暴そうな男だったら、もしかしたら、乗るのを拒んだかもしれない。だが、助手席に座っているのは女だった。たとえ相手が三人でも、全員が女なら暴力的なことはされないだろうと裕太は考えた。

裕太は鞄を抱いたまま車の荷室に乗り込み、小さな椅子のひとつに腰を下ろした。

裕太が座るのを待って、大柄な女が車に乗り、それに続いて小川琴音が乗り込んできた。ふたりは椅子を移動させ、裕太に向き合うように腰を下ろした。その直後に、スライドドアがゆっくりと閉まった。助手席の女はこちらを振り向きもしなかった。

「あの人はどなたですか？」

助手席の女に視線を向けて裕太は尋ねた。

「そんなことはどうでもいいことだ。おい、小山、お前はなぜ、あんなことをしたんだ？」

大柄な女が低い声で裕太に訊いた。

「なぜって、あの……誘われたからなんです。水泳部の先輩だった臼井さんに無理やり誘われて……俺は嫌だったんです。でも、断り切れなくて……運動部では、先輩の命令は絶対なんです」

しどろもどろの口調で、裕太は必死に言い訳をした。

実際には、臼井にそれほど強く誘われたわけではなかった。だが、今では裕太自身が、臼井の誘いを断り切れなかったのだと思い込み始めていた。

「この人に言いたいことはないのか？」

大柄な女が隣にいる小川琴音に視線を向けて訊いた。女の目には今も蔑みと怒りの色が表れていたが、その口調は不自然なほどに淡々としていた。

「あの……あんなことをして……本当に申し訳ありませんでした。どうか……どうか許してください。この通りです」

裕太は小川琴音に深々と頭を下げた。小さなライトが灯っているだけで車内はかなり薄暗かったが、そんな中でも小川琴音の美しさや愛らしさは際立っていた。

裕太から視線を逸らした大柄な女が長く息を吐いた。そして、再び裕太の顔を見つめ、静かな口調で訊いた。

「謝って済むことだと思うのか？」

「あなたがたの要求は……何ですか？　お金ですか？　だったら……だったら、あの……支払います……可能な限り、払うつもりです」

声を震わせて裕太は言った。いや、声だけでなく、全身が震えていた。

「金で解決できるつもりでいるのか？」

突き放すかのように女が言った。女の隣では、姿勢よく座った小川琴音が裕太を見つめ続けていた。助手席の女は前方に顔を向けたままで、ピクリとも動いていないように感じられた。

「だったら……俺に、あの……どうしろと言うんです？」

「ある手術を受けてもらう」

「手術って……あの……どんな手術ですか？」

引きつった顔で裕太は尋ねた。手術をするということは、助手席にいる女は外科の医師なのかもしれなかった。

「三十分もすればわかるさ」

大柄な女が顔を歪めるようにして笑い、裕太はまたしても身を震わせた。

## 17

顔を強ばらせている裕太に、大柄な女が決断を迫った。

「どうする、小山？　手術に応じるか、それとも……お前たちのした悪事のすべてを警察に通報されるか……好きなほうを選ばせてやる」

「あの……あなたは……本気で言っているんですか？」

「もちろん、本気だ。どうする、小山？」

落ち着きなく視線を泳がせながら、裕太は何度も唇を舐めた。

女たちが自分に、どんな手術をしようとしているのかはわからなかった。だが、自分たちが小川琴音にしたことを考えれば、それに見合うひどいことをするつもりだとは容易に想像がついた。

「金で……金で解決させてくれませんか？　できる限り支払います。だから……」

脂ぎった丸顔に今にも泣きそうな表情を浮かべ、身を乗り出すようにして裕太は必死で訴えた。

「金で済ませられるような問題じゃないんだよ。何度も言わせるな」

裕太の言葉を遮り、大柄な女がやはり静かな口調で言った。「この人はお前たちに集団でレイプされた上に、殺されかけたんだぞ。光り輝いていた人生を……これからも輝き続けるはずだった人生を、お前たちによって台なしにされたんだぞ」

女がそう言った瞬間、それまで穏やかだった小川琴音の美しい顔に、苦しげな表情が浮かび上がった。

「許してください。ほかに……ほかに解決策を提示してください。この通りです」

そう言って立ち上がると、裕太は黒革の鞄を抱いたまま床に正座し、そこに額を擦りつけて土下座をした。

「手術には応じられないと言うんだな。だったら、話は終わりだ。わたしたちはこれから警察署に行く。こっちには、あの動画がある。たとえ仮面をつけていたとしてもお前だとわかる。お前の声もバッチリ録音されている。お前の人生は終わりだ」

荷室の床に額を押しつけたまま、裕太は女の低い声を聞いていた。

この女は本気のようだった。

女たちが警察に駆け込めば、裕太はすぐに逮捕され、とても長いあいだ牢獄で暮らすことになるのだろう。もちろん、三橋真弓と結婚することも、母に孫の顔を見せてやることもできないはずだった。

受け入れられなかった。こんなことは、絶対に受け入れられなかった。

「五千万円払います……五千万あれば、人生が変わるはずです。小川さんもやり直せるはずです」

正座したまま顔を上げ、裕太は小さな椅子に座ったふたりを見つめた。五千万という金額を、なぜ、口にしたのかは、裕太にもよくわからなかった。

「最低の男だな」

助手席に座っていた女が突き放すような口調で言った。その女の声を聞いたのは初めてだった。

「ああ、最低の男だ」

大柄な女がその言葉に同意した。

畜生……馬鹿にしやがって……。

心の中で裕太は呻いた。そして、その瞬間、ついに心が壊れた。

自暴自棄の感情に支配された裕太は鞄に手を入れた。そして、鞄から取り出したサバイバルナイフを握り締めて中腰になり、すぐそこに座っている大柄な女に向かって突進した。

その女をまず殺し、それから小川琴音と助手席の女を殺すつもりだった。

その後のことは考えていなかった。それは本当に発作的な行動だった。

「死ねーっ！」

叫び声を上げながら、裕太は筋肉質な女の体にナイフを突き入れようとした。

だが、その前に、女の手が素早く振り下ろされ、右手に握り締めていたナイフが叩き落とされた。見た目によらず、女は俊敏だった。

裕太は必死で身を屈め、鋭い音を立てて床に転がったナイフを拾おうとした。だが、その前に小川琴音がそれを拾い上げてしまった。

「ふざけたことをしやがってっ！」

大柄な女が大声で怒鳴った。

次の瞬間、ナイフを拾い損ねて身を起こした裕太の腹に女が拳を突き入れた。

凄まじい衝撃が肉体を貫き、裕太は「げっ」と低く呻き、口から胃液を滴らせながら体をふたつに折り曲げた。

その直後に、何かがスパークしたような音とともに、今度は首筋に電撃が襲いかかった。タンパク質の焼けるようなにおいがし、意識が遠のきかけた。

気を失うまいとして、裕太は必死で目を見開いた。

そんな裕太の口に、女が湿り気のある布を押しつけた。その布からは強い揮発性のにおいがした。

## 18

意識を取り戻した時、裕太はバンの後部の荷室に、腕と脚をまっすぐに伸ばした『大の字』の姿勢で仰向けに縛りつけられていた。

瞬時に立ちあがろうとした。だが、まったく身動きすることができなかった。

首筋が焼けるような痛みを発していた。たぶん、スタンガンを押しつけられたのだろう。ひどい頭痛と吐き気がした。口の中は乾き切っていた。

低い呻きを漏らしながら、裕太は懸命に首をもたげて自分の体を見た。

裕太の手首と足首には、白くて太いナイロン製のロープが、血流が遮られるほどきつく巻きつけられ、それぞれのロープが荷室の四方に取りつけられたフックのようなものに縛りつけられていた。裕太は今もワイシャツとスーツのジャケットを身につけていたが、ズボンとボクサーショーツは脱がされていて、肉付きのいい下腹部や、力をなくしてぐんにゃりとしている男性器や、ずんぐりとした太腿が剝き出しになっていた。尻の下には大きなビニール製のシートが敷かれていた。

股間に生えていた毛は一本残らずなくなっていた。裕太が失神しているあいだに剃り落とされたのだろう。

息が詰まるようなその密室には、大柄な女と小川琴音のほかに、もうひとりの女がいた。助手席に座っていた女に違いなかった。すらりとした色白の女で、大きなマスクと、裾の長い白衣を身につけていた。マスクのせいで顔はよくわからなかったが、目尻には小さな皺があったし、目の下も少し弛《たる》んでいたから、もう若くはないのだろう。

「お……お前たち……お……俺を……ど……どうする……つもりだ？」

頭痛と吐き気に耐え、ひどく舌を縺れさせて裕太は訊いた。

「すぐにわかると言っただろう？」

大柄な女が楽しげな笑みを浮かべて言った。

「ゆ……許してくれ……た……頼む……金で……金で解決させてくれ」

激しく身を悶えさせながら、裕太は必死に訴えた。目には涙が浮かんでいた。

「始めてちょうだい」

大柄な女が白衣の女に言った。

「それでは始めます。小山さん、手術の前にまず麻酔をかけます。局所麻酔です」

白衣の女が裕太を見下ろし、極めて事務的な口調で告げた。やはり、もう若くはない女の声に聞こえた。「簡単な手術ですから、三十分ほどで終わります。術後にはそれなりの痛みがありますが、鎮痛剤で対処します。何か質問はありますか？」

白衣の女が裕太の顔を見つめた。顔の下半分はマスクに隠れていたが、女は大きな目をしていた。

「いやだ……小川さん、許してくれ……お願いだから……許してくれ……」

さらに激しく身を悶えさせ、裕太は小川琴音を見つめて必死に訴え続けた。ほかのふたりに比べると、小川琴音は優しそうだった。

そんな裕太の顔の近くに、小川琴音がゆっくりと歩み寄った。

「小山さん、あの時のことを覚えていますよね？　あの時、わたしも小山さんたちに同じことをお願いしましたよね？　許してくださいって、助けてくださいって、涙を流しながら必死で訴えましたよね？」

裕太を見下ろした小川琴音が、抑揚に乏しい口調で淡々と言った。「でも、小山さんたちはそれを無視して、三人で代わる代わるわたしを犯した。あの時、わたしがどれほど怖かったか……どれほど辛かったか……これから身をもって感じ取ってください」

小川琴音は表情をまったく変えなかった。どうやら、彼女が自分を許してくれることはなさそうだった。

「さっさと始めて」

大柄な女が楽しげな口調で言った。

その瞬間、小川琴音がライトを手に取り、そのスイッチを入れて裕太の股間を照らした。

裕太の恐怖は最高潮に達した。頭がおかしくなってしまいそうだった。股間が照らされているということは、女たちは裕太の生殖器にメスを入れるに違いなかった。

「それでは、小山さん、麻酔を打ちます」

白衣の女の声が聞こえ、裕太は反射的に目を閉じた。その目の縁から溢れ出た涙が、こめかみを伝って耳の中に流れ込んだ。

その時、「待ってください」という小川琴音の声が聞こえ、裕太は目を開いた。

## 19

裕太の中に微かな期待が甦った。心の優しい小川琴音が、裕太の願いを聞き入れてくれたのだと思ったのだ。

けれど、その期待はあっけなく断ち切られた。

「麻酔はなしでお願いします」

可愛らしい顔をした小川琴音の口から出たのは、思いもよらない言葉だった。

「それはいい考えね」

大柄な女が楽しげな笑みを浮かべて同意した。

「そうね。それじゃあ、麻酔なしでやりましょう」

白衣の女までもが、小川琴音の残忍な提案を嬉しそうに受け入れた。

麻酔なしで肉体を切られる。

想像するだけで恐ろしかった。裕太にできたのは、「あああっ……あああっ……」と小さな声を上げることだけだった。

「始めます」

メスを手にした白衣の女が宣言し、その手を裕太の股間に近づけた。

裕太は思わず目を閉じた。その数秒後に、股間で発生した激烈な痛みが、脳天に向かって一直線に突き抜けた。

「あっ！　ああぁーっ！」

裕太は後頭部を床に擦りつけて凄まじい叫びを上げた。

かつて経験したことのない激痛が、次から次へと裕太に襲いかかり続けた。それはまさに、過酷な拷問を受けているかのようだった。

「あがーっ！　ああーっ！　あああーっ！」

裕太は拘束された体を激しく捩り、目を大きく見開いたり、ぎゅっと閉じたりしながら絶叫を続けた。その叫びを抑えることが、どうしてもできなかった。

「うるさいから、黙らせちゃいますね」

小川琴音がそう言うと、手にしたライトを床に置いてから、叫び声を上げ続けている裕太の口に白っぽいハンドタオルのような布を深々と押し込んだ。

「これでいいですね。再開してください」

再びライトを手にした小川琴音が、白衣の女に言った。

その直後に、さらに激烈な痛みが襲いかかり、裕太は一瞬、意識を失った。だが、次の瞬間にはさらなる痛みがやってきて、気を失っていた裕太を無理やり覚醒させた。

激痛によって失神し、激痛によって覚醒させられる。激痛によって意識を失い、激痛によって目覚めさせられる。

そんなことが果てしなく繰り返された。

殺してくれっ！　殺してくれーっ！

裕太は叫んだ。こんなに苦しいのなら、殺してもらったほうがいいと本気で思った。

けれど、口に布を押し込まれているために、その凄絶な叫びは、「むうううっ」「うむううっ」という、くぐもった呻き声にしかならなかった。

「ショック死するかも。そうなったらどうする？」

白衣の女の声が聞こえた。

「その時は、死体をどこかに埋めちゃおう」

今度は大柄な女の声がした。

「どこに埋めるの？」

また小川琴音の声が聞こえた。

「こいつらが琴音にしようとしたように、山の中に穴を掘って埋めればいいんじゃない」

女の声がした。だが、その瞬間、また意識を失いかけていた裕太には、それが誰の声なのかよくわからなかった。

## 20

商用バンの後部の荷室に、口にハンドタオルを押し込まれた男の呻きが響き続けていた。きっと凄まじい痛みが男を苛み続けているのだろう。

睦美が鋭利なメスで陰嚢を切り、その中から睾丸を摘出しているあいだ、景子は男の下半身から何度となく目を逸らした。見つめ続けていることができなかったのだ。

けれど、琴音は睦美のすぐそばでライトを握りながら、可愛らしい顔を強ばらせて毛の一本もない男の股間を凝視し続けていた。

そんな琴音の姿を目にして、景子はまた『変わったな』と思った。

男が腰を浮かせたり、身を捩ったりしたせいで、手術には予定より十分ほど長い時間がかかった。けれど、男がショック死することはなかった。

陰嚢の縫合が完全に終わってから、睦美が局部麻酔を施した。麻酔はすぐに効き目を現し、脂汗に塗《まみ》れて絶叫を続けていた男はようやく叫ぶのをやめた。

「小山さん、これで手術は終わりです。あなたの睾丸をふたつとも摘出しました。縫合には溶ける糸を使いましたので、抜糸の必要はありません。三日間は入浴をせず、安静にすごしてください」

切れ長の目で男を見つめた睦美が、男の口の中に押し込まれていたハンドタオルを取り出し、淡々とした口調でそう告げた。「睾丸を除去したので乳房や乳腺が発達して胸が膨らみます。頭髪も濃くなります。筋肉と髭、体毛は減少します。肌のキメも細かくなると思います。それから……今後は精子の生産がいっさいできなくなり、ペニスも徐々に小さくなっていきます」

睦美がそう話しているあいだ、小山裕太は目に涙を浮かべ、喘ぐような呼吸を続けながら、汗まみれの顔をわななかせていた。男は口をパクパクと動かし続けていた。だが、そこから言葉が出ることはなかった。

拘束を解かれた小山裕太は、朦朧となりながらも脱がされたボクサーショーツを穿き、スーツのズボンを何とか穿いた。

男が衣類を身につけ終わるのを待って、景子は商用バンのスライドドアを開けた。

「出て行け」

景子が命じ、男は脚をひどくふらつかせながらも、その車から逃げ出すかのように降りた。

「行かせちゃっていいの?」

マスクをつけたままの睦美が訊いた。

「いいんだよ。計画通り、ここに置き去りにする」

景子は答えた。すべての悪事が暴露されることを恐れて、男が警察に駆け込むことはないはずだった。

「ここはどこなんだ？」

景子たちのいる車内に目を向けた男が、声を振り絞るようにして尋ねた。その顔には表情というものがまったくなかった。

今、車が停まっているのは、タクシーで来たところからさらに離れた山の中だった。男が気を失っているあいだに、景子が車を移動させたのだ。近くには街路灯のようなものもなく、辺りは真っ暗だった。

「鞄の中にスマホがあるんだろう？　それを使って調べるんだな」

突き放すように景子は言った。

その言葉に、男が無言で頷いた。その顔にはやはり、何の表情も浮かばなかった。

おそらく、男は凄まじい絶望感に支配されているのだろう。だが、景子にはこの刑でさえ軽すぎるように思われた。

そう。琴音は男たちによって、その何倍もの絶望感を味わわされたのだ。その絶望感は今も続いているのだ。だとしたら、これくらいの刑で済んだことを、男は感謝するべきだった。

## 21

小山裕太をその場に残して、景子は車を発進させた。睦美と琴音は折り畳んであった後部座席を広げ、そこに並んで腰を下ろした。

「岩崎さん、ありがとうございました」

運転をしている景子の背後から、透き通った琴音の声が聞こえた。

「わたしからも礼を言うよ。協力してくれてありがとう」

ミラーに映っている睦美を見つめて景子も礼の言葉を口にした。すでに睦美はマスクを外していた。

「どういたしまして。お役に立ててよかったわ」

切れ長の目でミラーの中の景子を見つめ返した睦美が、ルージュを光らせてにっこりと笑った。そんなふうに笑うと、目尻や口元にかつてはなかった小さな皺がいくつかできた。

「きょうの睦美、毅然としていて、かっこよかった。惚れ直しちゃったよ」

笑みを浮かべて景子は言った。心からそう感じていた。

「琴音さんだって、かっこよかったよ。景子から聞いて想像していたのは、おとなしくて気の弱い、お姫様みたいな女の子だったけど、全然そうじゃなかった」

睦美が今度は琴音を見つめた。「残るは、ただひとりだね。必要なら、また協力するから、遠慮なく言ってね」

「ありがとうございます」

琴音がそっと微笑み、また睦美に深く頭を下げた。

そう。残っているのはただひとり、主犯の臼井純平だけだった。

「その男にどうやって復讐するか、もう決めてあるの？」

睦美が琴音に尋ねた。

「いいえ。これから景子さんと相談して決めるつもりです」

「くれぐれも気をつけてね」

「はい。いつも景子さんがそばにいてくれるから、とても心強いんです。あの男たちは許せないけど、景子さんに出会えたのは、あの三人のおかげだとさえ思っているんです」

今度は琴音がミラー越しに景子に視線を向けた。

梅雨時だということもあって、今夜も空は雲に覆われていた。けれど、その雲の切れ目から大きな丸い月が見えた。

「睦美、琴音。前を見てごらん。ほらっ、大きな月が見えるよ」

愛する女と、かつて愛した女に景子は言った。

その言葉を耳にしたふたりが、運転席に身を乗り出すようにして前方の空に視線を向けた。

「大きくて綺麗な月」

雲の合間から顔を覗かせた月を見つめた琴音が、呟くように言った。

「本当に綺麗。そういえば、今夜は満月だったね」

今度は睦美がそう口にした。

その言葉に頷きながら、景子は最後の復讐に思いを馳せた。

# 四章

*Episode 4*

# 1

夢を見た。モデルをしていた頃の夢だった。夢の中の琴音はカメラを向けられていて、できるだけ魅力的に見えるような笑顔を作ろうと苦労していた。

目を覚ました琴音は、奥歯を嚙み締めて天井を見つめた。

ああっ、どうして……。

そう思いかけたが、ハッとしてその思いを抑え込んだ。

考えちゃダメなんだ。ダメなんだ。

琴音は自分にそう言い聞かせた。

かつての琴音は自分が失ってしまったもののひとつひとつを考え、胸を搔き毟りたくなるような思いに悶絶したものだった。

けれど、失ってしまったものについて考えても何もならないことが、今の琴音にはよくわかっていた。だから、そのことについて考えそうになるたびに、琴音は自分が今、持っているものについて考えようとした。

いちばん最初に頭に浮かんだのは景子だった。

そう。琴音には景子がいた。

さらには、琴音は今も誰もが見つめてしまうほどの美貌を持っていた。浴室の鏡で目にする裸体は、今も完全に引き締まっていて、かつてと同じように美しかった。

琴音は元々、思いやりのある性格だった。だが、とてつもなく辛い経験をしたことによって、他人に対する慈愛の気持ちが以前より強くなったようにも感じていた。

ベッドの中で深呼吸を繰り返しながら、琴音は唇の端を持ち上げるようにして無理に微笑んでみた。モデルをしていた頃は鏡に向かって、毎日のように微笑む練習をしたものだった。

笑みを浮かべてみると、不思議なことに、強張っていた全身の筋肉から、すーっと力が抜けていくのが感じられた。

大丈夫よ、琴音……大丈夫……大丈夫……大丈夫……。

魔法の呪文を心の中で繰り返しながら、琴音は笑みを浮かべたまま勢いよくベッドから体を起こした。

失ったものは取り返せない。けれど、今持っているものは守ることができる。

ベッドを出た琴音はゆっくりと窓辺に向かい、そこにかかっているカーテンを勢いよく開いた。

その瞬間、初夏の朝日が、微笑んでいる琴音の顔を強く照らした。

大丈夫……大丈夫……大丈夫……。

心の中で、琴音はさらに呪文を繰り返した。笑っているにもかかわらず、視界が涙で滲み始めた。


男たちへの復讐を成し遂げることで、何かが変わるのではないかと期待していた。

けれど、ふたりの男たちへの復讐を果たしたにもかかわらず、相変わらず、琴音の頭の上には分厚い雲が広がっているように思われた。

それでも……ここまで来たからには、立ち止まるつもりはなかった。

## 2

六月も終わりに近づいていたその夜、臼井純平は東京の多摩地区の巨大なターミナル駅のすぐそばのシティホテルで、先日の市長選で当選した父が主催する懇親会に出席していた。

会場には大きなテーブルがいくつも置かれ、そこにさまざまな料理の載った大皿がずらりと並べられていた。

その広々とした会場には、百人を超える人々が集っていた。誰もがビールやワインやウイスキーのグラスを手に、笑みを浮かべて話をしていた。そのほとんどがこの地区の商工会議所に所属している会社経営者だったが、与党選出の都議会議員の姿もあった。

臼井純平は妻の早苗《さなえ》をともなって、そんな人々のひとりひとりに頭を下げてまわっていた。純平は市長になった父が辞職したことによる都議会議員補欠選挙に、与党の推薦を受けて立候補することが決まっていた。

いつもは子供たちの世話に追われている早苗だったが、今夜はほっそりとした体に張りつくような、ホルターネックの黒いワンピースを身につけていた。背中の部分が大きく開いたロングワンピースで、剝き出しになった尖った肩や、浮き上がった肩甲骨の形がはっきりと見えた。

足元はとても踵の高い黒のパンプスだったから、立ち続けているのが辛いはずだった。だが、早苗はそんな素振りを少しも見せなかった。

早苗は美人でスタイルも抜群だったから、こういうパーティではいつも人々の視線を集めた。純平はそのことを、密かに自慢に思っていた。

今、純平と早苗が挨拶をしているのは、商工会議所の会頭をしている狭山慎司《さやましんじ》という老人だった。狭山は半世紀ほど前にこの地で小さな生鮮食料品店を始め、今ではこの市内だけでなく、関東一円で十数店舗のスーパーマーケットを展開するやり手だった。純平は以前からこの老人に可愛がられていて、月に一度か二度はゴルフに同行していた。

「まあ、楽な戦いにはならないだろうが、商工会議所を挙げて応援するから、ふたりで力を合わせて頑張りなさい」

純平と早苗を交互に見つめて、穏やかな口調で狭山老人が言った。

「ありがとうございます。ぜひ、狭山さんの力をお貸しください」

老人斑が無数にできた狭山の顔を見つめてそう言うと、純平は腰を折って深々と頭を下げた。純平の隣では妻の早苗が同じようにしていた。

狭山が言う通り、次の都議会議員補欠選挙は新人の純平にとって厳しい戦いになることが予想されていた。

長く都議を務めてきた父の後を継ぐので、当初、純平の当選は確実だろうと思われていた。だが、知名度の高いキー局元アナウンサーの女が出馬を表明したために、突如として、選挙は接戦の様相を呈し始めていた。

もちろん、そんな女に勝たせて、父の顔を潰してしまうわけにはいかなかった。投票日の直前に、純平はその女に関するスキャンダルを、虚実とり交ぜてリークしてやるつもりで、父の力も借りてその作戦を着々と練っていた。

狭山老人にもう一度、深く頭を下げてから、純平は早苗と一緒にすぐ隣で談笑している人々に歩み寄った。彼らは父の後援会のメンバーたちだった。

臼井純平は三十四歳。大学卒業後、総合商社でワインの輸入に携わっていた。その時にワインに興味を持ち、ワインエキスパートの資格も取った。今も自宅ではワインばかり飲んでいる。

総合商社での仕事は楽しかったし、やり甲斐もあった。ワインを買いつけるために世界中をまわるというのは特に楽しかった。

だが、入社して五年ほどがすぎた時に、父に背中を押されて会社を辞め、都議会議員をしている父の秘書をするようになった。父は純平がいつか、自分がなれなかった国会議員になることを期待しているようだった。

商社に勤務している時は、忙しくて遊んでいる時間がほとんどなかった。だが、父の秘書になってからは時間に余裕ができて、純平は趣味に力を入れ始めた。それがトライアスロンだった。

高校までは水泳部に所属していた。運動神経が抜群の純平は、その水泳部のエース的な存在だった。どの泳法も無難にこなしたが、自由型が得意種目だった。

父の秘書になってからは、仕事が終わると頻繁にスポーツクラブに行って泳いでいた。そのスポーツクラブの顔見知りに誘われて、トライアスロンという競技に夢中になった。

今の純平は時間が許す限り、スポーツクラブに行っていた。そして、フィットネスバイクを一時間ほど漕ぎ、ランニングマシンで一時間走ってから、プールで二千メートル以上の距離を泳いでいた。

そんな努力の甲斐あって、トライアスロンの大会ではいつも好成績を残していた。年に二度か三度は、国内だけでなく、欧米で開催される大会にも参加していた。

若い頃から純平はナルシストだった。だが、トライアスロンを始めてからは、人々に体を見られるということもあって、ますますナルシストになった。今、純平は定期的に日焼けサロンに通っていたし、歯を真っ白にするために歯科医院にも通っていた。

純平は明るくて、お茶目で、剽軽な男だったし、目鼻立ちが整っていて、スポーツ万能だったから、昔から女たちにはよくモテた。

同い年の妻の早苗は大学時代からの恋人だった。純平が商社に就職したのは、その会社の人事部にいた早苗の父に誘われたからだった。

早苗と結婚したのは今から八年前、ふたりが二十六歳の時だった。翌年には男の子が生まれ、その二年後には女の子が誕生した。長女が生まれたのを機に都内のマンションから、東京郊外の一戸建てに引っ越した。

七歳の長男は今、純平の母校の附属小学校に、五歳の長女は同じ附属の幼稚園に通っていた。

3

人生がうまくいっていたから、純平はいつもご機嫌で笑みを絶やさなかった。一昨年からは商工会議所の人々に誘われて社会奉仕団体に所属していて、ボランティア活動にも力を注いでいた。

だが、最近の彼はいつも自分の周りを、うるさい蠅《はえ》が飛びまわっているように感じていた。

うるさい蠅とは小川琴音のことだった。

小山裕太と最後に電話でやりとりをしてから、すでに一週間がすぎていた。そのあいだに、純平は何十回も裕太に電話をしたり、メールやＬＩＮＥのメッセージを送ったりしていた。

だが、裕太は電話に出なかった。メールの返信もしてこなかった。ＬＩＮＥのメッセージは既読にはなったが、彼からメッセージが送られてくることはなかった。

それは慎太郎の時とまったく同じだった。

はっきりとしたことはわからないが、ふたりは純平の顔を二度と見たくないと思っているし、声を聞きたくないとも思っているのだ。

そう。おそらく小川琴音は、何らかの方法で復讐を遂げたのだろう。将来を嘱望されていた優秀な消化器外科医だった慎太郎と、やり手の母に守られて、のほほんと生きていたマザコンの裕太を破滅に追い込んだのだろう。

だとしたら……どう考えても、次は自分の番だった。

もちろん、その時には返り討ちにしてやるつもりだった。

会場にいる人々に一通りの挨拶を済ますと、純平は賑やかな会場の片隅に置かれた椅子に腰掛け、早苗が運んできてくれた白ワインを飲んだ。

父が用意したのはあまり高価ではないボルドーのワインだった。会場にいる人たちのほとんどが、そのワインをビールのようにがぶ飲みしていたが、舌の肥えた純平にはその味は気に入らなかった。

「みなさん、純ちゃんのことをこんなに応援してくれているのね」

しっかりと化粧が施された顔に笑みを浮かべて早苗が言った。ふたりの子供を産んだ今も、その笑顔は魅力的だった。

「そうだな。応援してくれる人たちのためにも、何としてでも勝たないとな」

そう言って頷くと、純平は不味い白ワインを一気に飲み干した。

「純ちゃん、何か持ってきてあげようか？　さっき、あそこに、ステーキを持っている人がいたけど、すごく美味しそうだったよ」

昼のあいだから真っ白な歯を覗かせた早苗が訊いた。早苗は頭の回転が早く、事務処理能力に長けているだけでなく、社交性もあったから、自分の秘書にしたいほどだった。けれど、専業主婦としてふたりの子供の世話をしている今は、秘書にするのは難しそうだった。早苗は教育熱心な女だった。

「そうだな……それじゃあ、悪いけど、持ってきてもらえるかな」

「ついでに赤ワインも持ってくるね」

早苗がさりげなく髪をかき上げた。腋の下の柔らかそうな白い皮膚が見えた。

「安物のボルドーの赤は飲めたものじゃないんだけど……でも、早苗がせっかくそう言ってくれるんだから、持ってきてもらおうかな」

その言葉に笑顔で頷くと、早苗は純平に背を向け、長い髪を靡かせてテーブルに向かって行った。


早苗の後ろ姿を見つめていると、またあのことが頭に浮かんだ。

もし、あのことが公になれば、都議会議員になるどころか、警察に逮捕され、裁判では重い刑を言い渡されるに違いなかった。そんなことになれば、父は市長を辞するハメになるだろう。早苗からも離婚を言い渡されるかもしれなかった。

そして、純平はこれまで何度も悔やんだことを、今また悔やんだ。

小川琴音を確実に殺してしまわなかったことを悔やんでいたのだ。

もちろん、小川琴音の思うようにさせるつもりなどなかった。今度こそ、女の息の根を完全に止めてやるつもりだった。いや、殺す前にもう一度、徹底的に凌辱してやるつもりだった。

あれこれと考えているうちに早苗が戻ってきた。

「純ちゃん、何をニヤニヤしてるの？」

ステーキの皿とグラスを差し出した早苗が、純平の目を覗き込むかのように見つめて笑った。「また、何か悪だくみをしてたんでしょう？　純ちゃんがそういう顔をする時って、たいていそうなのよね」

純平は思わず視線を動かした。早苗は勘もいい女だった。

「いや。あの……選挙のことを考えていただけだよ」

純平はぎこちなく微笑んだ。

「本当にそれだけ？　何か隠していることがあるんじゃない？」

「その目。まるで腕利きの刑事みたいだな。でも、刑事さん。隠してることなんて、何にもないんです。信じてくださいよ」

純平は身振り手振りを交え、おちゃらけた口調で言った。

その言葉を耳にした早苗の顔に楽しげな笑みが浮かんだ。

「まあ、いい。いつか口を割らせてやる」

楽しげな口調で早苗が言い、純平は笑みを浮かべて頷いた。だが、次の瞬間には、また小川琴音のことを……妖精のようなあの女を、嫌というほど凌辱している時のことを想像していた。

4

地元の商工会議所の人々を招いての懇親会があった翌日の夜、純平は自分の車で小山裕太の自宅へと向かっていた。裕太の家は父の事務所から車で二十分足らずのところ、この付近ではいちばんの高級住宅街にあった。

午後になって降り始めた雨が今も続いていた。買ったばかりのヨーロッパ製の高級車の中には、ワイパーがフロントガラスを撫で続けている音が規則正しく続いていた。

ふだんの純平は、車の中ではお気に入りの音楽を聴いている。だが、今夜はそんな気分にはなれなかった。緊張のためにひどく汗ばんでいる手でハンドルを握り締めながら、純平はあの手紙に同封されていたメモリーカードに入っていた慎太郎の声を思い出していた。

そう。懺悔している慎太郎の声を、だ。

今から数時間前、純平が自宅に戻ると、妻の早苗が「はい、これ。純ちゃん宛て」と言って何通かの郵便物を手渡した。

その瞬間、純平は思わず漏れかけた「あっ」という声を何とか抑え込んだ。

郵便物のひとつに、青いインクを使って、やかましい蠅の名前が書かれていたのだ。

「何かあった？」

「いや、別に」

「女の人の名前だけが書かれた郵便があったよね？　その人、だあれ？」

早苗が疑わしそうな視線を向けた。だが、その顔は笑っていた。

「さあ、誰だろう？　記憶にないけど……」

笑顔でそう言うと、純平は「着替えてくる」と言い残して自室へと向かった。

もしかしたら、あの女は自分のところには復讐に来ないのではないか。

彼はそんな淡い期待を抱いていた。あの女は慎太郎と裕太については突き止めたが、自分が誰であるのかを突き止めきれていないのではないか、と。

だが、今、その期待は完全に打ち砕かれた。

自室に戻った純平は着替えもせずに手紙の封を切った。

飾り気のない封筒の中に入っていたのは、青いインクで書かれた手書きのメモと、一枚のメモリーカードだった。

メモには都内にあるカフェの名とホームページのアドレス、それに明後日の日付と午後三時という時刻だけが書かれていた。

おそらく、明後日の午後三時に、そのカフェに来いということなのだろう。

ハンサムな顔に鬼のような形相を浮かべながら、純平は同封されていたメモリーカードを再生した。

## 5

それは女のものと思われる太い声から始まっていた。

『なぜ、あんなことをした？』

うるさい蠅のものではなく、聞き覚えのない女の声だった。

ほんの少しの沈黙のあとで、今度は男の声がした。広瀬慎太郎の声に違いなかった。

『誘われたんだ。俺は、あの……主犯じゃないんだ。ただ……そそのかされた……だけなんだ』

慎太郎は必死になって弁明しているようだった。

『そのかされた、だと？　誰にそのかされた？』

やはり女の声のようだった。女の口調は淡々としていて、あまり抑揚がなかった。

『それは、あの……それは言えない』

声を震わせて慎太郎が言った。純平には怯え切ったその顔が見えるような気がした。

『そうか。言えないか』

女の口調はやはり淡々としていた。

この女は誰なんだ？　うるさい蠅はそばにいるのか？

奥歯を嚙み締めて純平は思った。

『言えないんだ。あの……許してくれ』

『だったら、言えるようにしてやるよ』

穏やかな口調で女が言った。だが、次の瞬間、鋭い音が純平の耳に飛び込んできた。たぶん、女が慎太郎に張り手を見舞ったのだ。

『やめてくれ……暴力は……やめてくれ』

必死で訴える慎太郎の声が聞こえた。情けない声だった。

『お前たちがなぜ、あんなことをしたのか聞かせてもらおう。ほかのふたりについても詳しく教えてもらう。もし、言えないというなら、またぶん殴るぞ』

女が言った。慎太郎の頬に平手打ちを浴びせたばかりだというのに、その口調は今もとても穏やかだった。

『わ……わかった。言う。だから……これ以上の乱暴はやめてくれ』

声を震わせて慎太郎が言った。

そして、慎太郎はついに口を割った。純平と裕太の名も口にした。

どうやら、うるさい蝿もすぐ近くにいるようだった。時折、彼女のものとみられる言葉にならない声が聞こえた。

『最初から、琴音を……殺すつもりだったのか？』

『違う。違うんだ。少なくとも、俺や裕太には、そんなつもりはなかった。信じてくれ。臼井さんが……臼井さんが、興奮したあまり琴音さんの首を絞めた。それで琴音さんは心肺停止の状態に陥ってしまった。そういうことなんだ』

その慎太郎の言葉を最後に録音は終わっていた。

「慎太郎のやつ、裏切りやがって」

純平は怒りに顔を歪めて強く奥歯を嚙み締めた。

すぐに純平は慎太郎に電話をした。だが、今度も彼はその電話に出なかった。続いて、裕太にも電話を入れた。けれど、やはり、裕太はその電話に応じなかった。

とにかく、会いに行こう。

純平はそう決意し、早苗には「選挙のことで呼び出されたから、ちょっと出かけてくる」と言って、買ったばかりの車で裕太の自宅へと向かった。

雨はさらに強くなっていた。大粒の雨がフロントガラスに絶え間なく打ちつけた。

「殺してやる……今度こそ、完全に、あの女の息の根を止めてやる……」

ハンドル操作を続けながら純平は呟いた。

小川琴音の細い首に手をまわし、渾身の力で絞めあげていた時のことを思い出した。

あの時、純平は女が死んだと思った。女の脈と呼吸を確認した慎太郎も死んでいると断言した。

つまり、こんなことになったのは、慎太郎のせいだった。医師であるにもかかわらず、あの女が蘇生することを予測できなかった慎太郎が悪いのだ。

だが、今となっては、そんなことはどうでもよかった。これからするべきなのは、うるさい蝿を叩き潰す方法を考えることだった。

# 6

裕太の自宅は閑静な高級住宅街にあった。大きくて立派な家ばかりが建ち並ぶ一角だったが、裕太が母と暮らしている白い洋館はその中でも目立って洒落ていた。

時刻は間もなく午後九時になろうとしていた。さっきまでに比べると、雨脚はいくらか弱くなっているように感じられた。

高級車が二台並んだガレージのすぐ前に車を停めると、純平は傘をささずに車を降りた。そして、鉄製の門を押し開けて玄関ポーチに駆け寄り、そこに取りつけられているインターフォンのボタンを押した。

『はい』

五秒ほどの間をおいて、インターフォンから中年の女の声が聞こえた。

「臼井純平と申します。裕太くんの高校の先輩です。裕太くんにお会いしたいのですが、彼はご在宅でしょうか？」

インターフォンのカメラを見つめ、純平は笑みを浮かべて言った。妻である早苗でさえ、『爽やかに見える』と認める自慢の笑顔だった。

『あの……少しだけ待っていてください』

中年の女が歯切れの悪い口調で言った。

「はい。待ってます」

そう答えると、純平は裕太の母を思い出そうとした。大学生だった頃にこの家に何度か来たことがあって、その時に彼の母とも会っていた。

記憶の中の裕太の母は、若かった頃はかなり美しかったのではないかと思われる女で、ほっそりとしていてスタイルも悪くはなかった。だが、加齢に抗うために、美容外科であちらこちらに手を加えたということがはっきりとわかる不自然な顔をしていたことを、今も純平は何となく覚えていた。

すぐにドアを開けてもらえるはずだと思っていた。けれど、いつまで経っても目の前のドアは閉じられたままだった。

軽い苛立ちを覚えながら、純平は背後を見まわした。

こんな天気だということもあってか、住宅街はとても静かで、走っている車もほとんどなかった。庭を囲んだ生垣のすぐ向こうに街路灯が立っていて、その光の中でたくさんの雨粒が光っていた。短く刈り込まれた緑の芝生も雨に濡れて光っていた。生垣に囲まれた庭はかなり広くて、隅々まで手入れが行き届いているように見えた。

玄関のドアがようやく開けられたのは五分以上がすぎた頃だった。

ドアを開けたのは裕太の母だった。裕太の母は裾の長いベージュのガウンを身につけていた。ガウンの下はナイトドレスのようだった。

裕太の母は五十代の半ばになっているはずだった。だが、つるりとしたその顔には皺がひとつもなく、若々しいというよりは不自然にさえ感じられた。睫毛にはエクステンションがつけられていたが、サイボーグのようにも見えるその顔に化粧っ気はなかった。

「こんばんは。お久しぶりです」

笑みを浮かべてそう言うと、純平は腰を深く折って頭を下げた。

「臼井くん……でしたよね？　あの……お父様が市長になった……臼井くん、前にも何度かいらしたことがあるわよね？」

裕太の母が笑わずに言った。体はほっそりとしているのに、その胸は不自然なほどに豊かだった。

「はい。その節は、いろいろともてなしていただいて、ありがとうございました。あの……裕太くんにお会いしたいんですが」

「それが……裕太は誰とも会いたくないって言ってるの」

困惑したような顔をした裕太の母が、ぎこちない笑みを浮かべて純平を見つめた。

「誰とも会いたくないって、あの……何かあったんでしょうか？」

純平は裕太の母の目を見つめ返した。

「実は、わたしにも、何がなんだかわからないんです」

純平の顔から視線を逸らし、裕太の母が首を左右に振り動かした。

「それは、あの……どういうことですか？」

「あの子、もう何日も前から自分の部屋に籠りっきりで、会社にも行っていないんです。あの……何があったのか訊いても、何も答えてくれないし……十一月には結婚することが決まっていたのに、その話もなかったことにしてくれって言っているし……本当に、もうどうしたらいいのかわからなくて……」

裕太の母が苦しげにも聞こえる口調で言った。皺のまったくないその顔には、今も困惑したような表情が張りついたままだった。

「ちょっと、裕太くんに会わせてもらいます。いいですよね？」

そう言うと、純平は裕太の母の返事も待たず、広々とした玄関のたたきに靴を脱ぎ捨てて室内に上がり込んだ。

室内は隅々まできちんと片付けられていて清潔だった。真っ白な廊下の壁には、洒落た額に収められた油絵が何枚も掛けられていた。

## 7

裕太の部屋は二階にあった。階段を上がり始めた純平のあとを、不安げな顔をした裕太の母がついてきた。

「お母さん、すみませんが、裕太くんには僕ひとりで会わせてください」

背後の女に純平は言った。

「でも……」

「お母さんがいないほうが、裕太くんも話しやすいと思うんです」

そう言うと、純平はひとりで二階へと向かった。

前にも来たことがあったから、裕太の部屋はわかっていた。純平はそのドアの前に立つと、「裕太、俺だ。ドアを開けるぞ」と呼びかけながらノックをした。

「入るなっ！」

ドアの向こうから叫ぶような裕太の声が聞こえた。

それを無視して、純平はそのドアを開いた。

明かりを消した室内は真っ暗だった。純平は記憶を頼りに壁をまさぐり、そこにあったスイッチをオンにした。

すぐに天井の明かりが灯り、ベッドに横になっている裕太の姿が純平の目に飛び込んできた。裕太はパジャマ姿だった。

「何の用だっ！　入るなって言ったじゃないかっ！」

眩しそうな顔をした裕太が再び怒鳴った。

純平はカッとなった。それは子分にすぎない裕太が、親分に言うセリフではないはずだった。だが、今は怒っている時ではなかった。

「裕太、どうしたんだ？　いったい、何があったんだ？」

後ろ手にドアを閉めてから、純平は努めて優しく声をかけた。

「帰ってください！　誰とも会いたくないんですっ！」

上半身をベッドから起こした裕太が、やはり怒鳴るかのように言った。その顔には怒りと苛立ちが浮かんでいた。

「だから、何があったんだ？　話してくれなきゃわからないじゃないか」

純平はベッドに歩み寄ると、そこにしゃがみ込んで裕太を見つめた。

「臼井さんのせいです……」

非難するかのような目で裕太が純平を見つめた。

「俺のせい？」

「そうです。臼井さんのせいです。何もかも、全部、臼井さんのせいなんです」

泣き出しそうな顔になった裕太が声を震わせて繰り返した。

「あの女だな。裕太、いったい……何をされたんだ？」

無理に笑顔を作って純平は訊いた。

「タマを……取られた」

目を潤ませた裕太が、呻くかのように言った。

「何だって？」

「だから……キンタマを……取られたんですよっ！」

裕太が両手で自分の髪を掻き毟った。

だが、その時にはまだ、裕太が何を言っているのかが純平にはよくわからなかった。

## 8

十五分ほどで裕太の部屋を出ると、純平は顔を強ばらせながら階段を降りた。

階段の下には裕太の母が立っていた。

「臼井さん、何があったんですか？　裕太は臼井さんに、何か言いましたか？」

心配顔の裕太の母が訊いた。

「それが……裕太のやつ、帰ってくれって言うばかりで、何も話してくれないんです」

困ったような顔を作って純平は答えた。たった今、聞いてきたことや、目にしたことを、裕太の母に伝える気にはなれなかった。

「裕太に何があったんでしょう？　心当たりはありませんか？」

皺のない顔を苦しげに歪めて、裕太の母がなおも尋ねた。

「心当たりはありません。本当に……いったい、何があったんでしょうね？」

その言葉を耳にした裕太の母が、唇を嚙み締めて首を左右に振り動かした。

彼女は孫の顔を目にすることが永久にできないのだ。女手ひとつで育ててきたひとり息子は、おそらく永久に立ち直ることができないのだ。

それを考えると憐れだった。


雨は降り続いていた。

自宅へと戻る車の中で、息苦しくなるほどの不安と恐怖を覚えながら、純平はあの部屋で裕太が言ったことを思い出していた。

そう。苦しげに顔を歪め、涙を流し、時折、髪を掻き毟りながら、裕太は自分の身に何が起きたのかを話してくれた。

その話はあまりにも残酷で、さしもの純平も顔を強ばらせた。

慎太郎のその後については、裕太は何も知らないようだった。だが、おそらく、裕太と同等か、それ以上のことをされているはずだった。

『どう責任を取ってくれるんです？　臼井さんのせいで、俺の人生はメチャクチャになってしまったんです。俺はもう……結婚もできないし、母に……母に孫の顔を見せることもできなくなってしまったんです』

あの時、裕太は涙を溢れさせながらそう言うと、怒りと憎しみと恨みの込められた目で純平を見つめた。

純平には返す言葉が見つけられず、無言で立ち上がると裕太の部屋を出た。

もはや逃げまわるという選択肢はなかった。純平は明後日の午後三時に、指定された都内のカフェに出向くつもりだった。

今回、あのうるさい蠅が指定してきたのは都心にある大きなカフェだったし、時刻も昼の時間だった。きっと大勢の客たちがいるそのカフェの中だったら、裕太がされたような不意打ちを食らうことはないだろうと思われた。

「返り討ちにしてやる。蠅みたいに叩き潰してやる」

ハンドルを握り締め、純平は口に出して言った。

彼は女を殺すつもりだった。二度目の殺人を犯すつもりだった。

そう。彼は以前にも人を殺したことがあった。

## 9

あれは純平が十四歳の夏だったから、すでに二十年ほどの時間が経ったことになる。

夏休みや冬休みにはいつもそうしていたように、あの夏も、純平は母とふたりで房総半島にある別荘に行った。

今、父は伊豆半島の下田にも別荘を所有しているが、当時、父が持っていたのは房総半島にある別荘だけだった。父の知り合いの建築家が設計した洒落た外観の別荘で、広々とした庭だけでなく、外からは覗き込めない大きな中庭があって、その中庭で純平たち家族はバーベキューや日光浴を楽しんだものだった。

臼井家の別荘があったのは、すぐそこに海を見下ろせる高台に造成された高級別荘地だった。周りに建ち並んだ別荘にも、ゴールデンウィークや夏休みや冬休みの期間には都会から多くの人が訪れていた。

房総半島は、夏は涼しく、冬は暖かいという恵まれた気候だった。居心地のいいその別荘を、父はひどく気に入っていた。だが、当時、与党の都議会議員の秘書をしていた父は多忙を極めていて、あの二十年前の夏の純平は、母の運転する車に乗ってふたりだけで別荘へと向かった。当時の純平は、将来はプロのサーファーになろうかと思うほど、サーフィンに夢中になっていた。

房総半島の別荘への滞在は一週間の予定だった。だが、そこに来て三日がすぎた時に、まだ独身だった母の妹が急性虫垂炎で入院したという知らせが届き、母はその妹を見舞うために東京に戻ることになった。

あの時、母は純平に車で一緒に帰ろうと提案した。だが、純平は母と一緒に帰ることはせず、予定通り、別荘に滞在を続けることにした。もう少しサーフィンをしていたかったのだ。

別荘には缶詰やレトルト食品、冷凍食品や菓子類などがたっぷりと保管されていたから、ひとりきりでも食べるものに困ることはなかった。

母が東京に戻った日の午後、すぐ隣の別荘に、内科医院を営む医師と彼の妻、そして、ふたりの娘が都内から真っ赤なボルボのステーションワゴンでやって来た。臼井家の別荘はお洒落で豪華で大きかったが、医師夫妻のそれも負けずに立派で大きかった。

医師の家族とは特別に懇意にしていたわけではなかった。それでも、隣同士だったから、顔を合わせれば挨拶をするような関係だった。医師の長女は純平よりひとつ年上の十五歳で、次女はひとつ下の十三歳だった。

隣の別荘の内科医は患者に人気の医師のようだったが、とても平凡な顔をしていて、目を離したらすぐに忘れてしまいそうだった。そんな夫とは対照的に、その妻は芸能人のような、彫りの深い派手な顔をしていて、すらりとしていてスタイルもよかった。

中学生だった純平にも医師の妻は美しく見えた。色っぽいとも感じた。その別荘での妻はしばしば、とてもセクシーなビキニを身につけ、日当たりのいいバルコニーに身を横たえ、近所の人々の目など気にせず日光浴を楽しんでいた。きっとスタイルにかなりの自信があったのだろう。

父親に似たらしい医師夫妻の長女は、かわいそうになるくらい平凡な容姿をしていた。一方、母に似たらしい妹は、ビスクドールを思わせるような、とてつもなく愛くるしい顔立ちをしていた。笑った顔は特に魅力的で、純平はいつか、その女の子を恋人にしたいと考えたほどだった。

だが、医師はそんな次女ではなく、自分に似た容姿の長女をより可愛がっていた。隣の別荘の住人でしかない純平にも、それがはっきりと感じられた。

隣の家族が別荘に来た翌々日の昼下がりのことだった。サーフィンから戻った純平が別荘のリビングルームで、温めた冷凍のチャーハンを食べながらカップ麺を啜っていると、医師が長女をボルボのステーションワゴンに乗せて出かけていくのが窓から見えた。

食事を終えた純平は、窓辺に歩み寄り、隣の別荘を覗き込んだ。日光浴をしている医師の妻の姿が見えるかもしれないと期待したのだ。

思った通り、医師の妻は、あの日も黒いトライアングル形の小さなビキニを身につけ、バルコニーに置いたビーチチェアに寝そべって、ビールを飲みながら雑誌を眺めていた。

一方、医師夫妻の次女は、ショッキングピンクに白い水玉模様が入ったセパレートの水着を着て、庭に置いたビニール製の大きなプールに浸かっていた。

そんな少女を、純平はじっと見つめた。医師夫妻の次女は本当に可愛らしくて、見つめずにはいられなかったのだ。胸はわずかに膨らみ始めていたが、体には贅肉のようなものはいっさいなく、とても華奢でほっそりとしていた。

そうするうちに、純平と少女の目が合った。

純平は反射的に笑みを浮かべた。それだけでなく、窓の向こうの少女を無言で手招きした。

あの時、自分がなぜ、手招きをしたのかは、はっきりとは覚えていない。たぶん、その可愛らしい少女と、少し話をしてみたいと思ったのだろう。少女とは挨拶をしたことはあったが、ちゃんと話をしたことはなかった。

純平の微笑みと手招きに応じるかのように、少女が立ち上がった。そして、ビーチサンダルを履いて門を出ると、少女の別荘の門とは反対側にある純平の別荘の玄関に向かって歩き始めた。

その時、少女の母親は自分の顔に、広げた雑誌を載せていた。どうやら、うたた寝をしているようだった。

純平はすぐに玄関に向かってドアを開いた。そして、そこに立っていた水着姿の少女に、「中に入って、かき氷かアイスクリームでも食べていかない？」と言って笑顔で招き入れた。

あの頃から純平は、自分の笑顔がとても魅力的だということをよく知っていた。

少女もまた満面の笑みを浮かべて室内に入ってきた。そんな少女に大きくて乾いたバスタオルを渡してから、純平は冷凍庫からアイスクリームの大きなカップを取り出し、ガラスの皿にたっぷりと盛りつけてやった。

## 10

あの日、純平と少女はリビングルームのソファに並んで座り、取り止めのない話をしながら、チョコレートとバニラのアメリカ製のアイスクリームと、チーズ味のクラッカーを食べた。

純平から手渡されたバスタオルを、少女は華奢な体にしっかりと巻きつけていた。だが、水着はまだ湿っていたから、母がいたら、絶対にソファに座ることを許さなかっただろう。

少女は朝倉《あさくら》百合香《ゆりか》という名で、都内の私立中学校の一年生だった。幼かった頃から少女は、姉と一緒にピアノ教室に通っているということだった。

話しているあいだ、少女はその可愛らしい顔にずっと笑みを浮かべていた。そこには純平に対する親しみが、はっきりと表れていた。

この子は俺が好きなんだ。

純平はそれを確信した。

三十分ほどが経った頃、少女が「ごちそうさまでした」と言って立ち上がり、純平にバスタオルを手渡して玄関へと向かった。中学一年生だったにもかかわらず、肩甲骨の浮き上がったその後ろ姿は若い女のように色っぽかった。

少し前に純平は、同じ水泳部の一学年上の少女と性体験を持っていた。

抱き締めたい。

少女の背後から玄関に向かいながら、突如として、純平はそう思った。いや、思っただけではなく、玄関のたたきでビーチサンダルを履こうとしていた少女を、実際に両手で後ろからそっと抱き締めたのだ。

自分に好意を抱いている少女なら、それを受け入れてくれるだろうと考えていた。もしかしたら、このままふたりで寝室に行き、ベッドでペッティングのようなことができるかもしれないと期待してもいた。

純平の期待通り、少女はまったく抵抗しなかった。それだけでなく、純平のほうに振り向くと、彼を見つめて目を閉じた。

そんな少女の唇に、純平は自分のそれをそっと重ね合わせ、少女の口の中に舌を静かに差し込んだ。さらには、水着の上から左の乳房をこねるかのように揉みしだいた。下着の中で男性器が急速に膨張したのがわかった。

少女が身を捩り、純平の口の中に小さな呻きを漏らした。

「上に行って、もう少し話をしないか？」

唇を離した純平がそう提案すると、少女は朦朧とした顔をして頷いた。

少女を寝室に連れて行くと、純平は再び少女にキスをしながら紐を解いて胸から水着を取り除き、日焼け跡の残る小さな乳房をじかに揉みしだいた。ピンク色をした少女の乳頭は、小豆のように小さかった。男性器が一段と強く硬直した。

「あっ、もうダメっ！　これ以上はダメっ！」

顔を背けてキスを逃れた少女が、純平の腕の中で激しく抗った。

「何がダメなんだ？」

「とにかくダメっ！　もう帰りますっ！」

叫ぶかのように少女が言った。可愛らしい顔に怒りの表情が浮かんでいた。

けれど、行為を中断することはできなかった。純平はそれほどまでに高ぶっていたのだ。

次の瞬間、純平は少女をベッドの上に押し倒した。そして、少女の下半身から水着のショーツを毟り取るかのように脱がせると、自分も穿いていたものを脱ぎ捨て、いきり立った男性器を少女の股間に押し込もうとした。

純平の体の下で少女が激しく暴れた。

「やめてっ！　やめないと、警察に訴えるっ！」

恐怖と怒りに顔を歪めて少女が叫んだ。

そのことが、純平をひどく慌てさせた。自分が取り返しのつかないことをしてしまったのだと、ようやく気づいたのだ。

少女は激しく身を悶えさせて純平の腕から必死で逃れると、すぐに立ち上がって寝室のドアを開けようとした。

行かせるわけにはいかなかった。もし、行かせたら、純平だけでなく、父や母にも多大な迷惑をかけてしまうはずだった。この別荘にも、二度と来ることはできなくなるだろう。

純平はほっそりとした少女の腕を強く摑んで、自分のほうに強引に引き寄せた。

「いっ……いやっ！」

少女が再び悲鳴を上げた。その悲鳴をやめさせようと、純平は少女の口を右手で塞いだ。

だが、少女は純平の手を振り払い、またしても悲鳴を上げようとした。

純平の頭の中が真っ白になった。

次の瞬間、純平は少女の首に両手をまわした。そして、その口から二度と悲鳴を上げさせないために……純平のしたことを両親に告げることができないようにするために……細くて長い少女の首を渾身の力を込めて絞めあげた。

滑らかな少女の首の皮膚に、指の一本一本が深々と沈み込んでいくのが、はっきりと感じられた。


気がつくと、少女は死んでいた。少女は息をしていなかった。胸に耳を押し当てても、心臓の鼓動は聞こえなかった。

怖くなった純平は、死体となった少女を抱き上げ、キッチンの片隅にあった食料庫の中に座らせた。その後は、二階の自室のベッドの中で、この殺人がいつ発覚するかと思って怯えていた。

それから二時間と経たないうちに、家の外が騒がしくなった。そっと窓から覗いてみると、隣の別荘の前に二台のパトカーが止まっていた。制服を着た数人の警察官の姿も見えた。

やがて、インターフォンが鳴らされた。インターフォンのモニターには警察官の姿が映し出されていて、純平は悲鳴を思わず上げかけた。

それでも、純平は必死で平静を装って、別荘の玄関で警察官とやり取りした。警察官によれば、隣の別荘の所有者の次女の姿が見えなくなったのだという。

「そうですか。僕には心当たりはありませんね」

声が震えたり、上ずったりしないように気をつけ、心配そうな表情を浮かべて純平は言った。

もっと、いろいろなことを訊かれるだろうと思っていた。だが、警察官はそれ以上の質問はせず、礼を言って立ち去った。

そのことに、純平は胸を撫で下ろした。

夜になっても、少女は戻らなかった。警察と、地元の消防団員などが手分けをして、広範囲な捜索をしたが、少女を見つけることはできなかった。

幸いなことに、純平の別荘に入る少女を見かけた者は誰もいなかった。二十年前には、あの別荘地には防犯カメラは設置されていなかった。車にもドライブレコーダーなど搭載されていなかった。

翌日の午後、純平は、外から覗き込むことができない別荘の中庭に、何時間もかけてスコップで深くて大きな穴を掘った。そして、キッチンの食料庫に置いてあった少女の死体を再び抱き上げ、その穴の底に横たえ、掘ったばかりの土を少女の死体に被せていった。

少女の姿が見えている時は恐ろしかった。けれど、その姿が土に隠れ始めてからは、その恐怖は少しずつ消えていった。

あれから二十年近い時間が経過した。行方不明の朝倉百合香という少女の死体は、今もあの別荘の中庭の土の中にあるはずだった。

いや、肉や皮はとうの昔に蝕まれ、今は骨だけになっているに違いなかった。

「殺してやる。あのうるさい蝿を、今度こそ本当に叩き潰してやる」

自宅へと向かう車の中で、純平はまた口に出して呟いた。

少女の首にめり込んでいった指の感触を思い出した。その後は、三年近く前のあの日、小川琴音の首の皮膚に沈み込んでいった指の感触を思い出した。

どういうわけか、男性器が急速に硬くなるのが感じられた。

## 11

その晩、景子はリビングルームのソファに琴音と並んで座り、缶入りの甘いカクテルを飲みながらモニターに映し出されている映画を眺めていた。少し前にヒットしたという韓国の恋愛映画だった。

こうしてベッドに入る前に、琴音とふたりでお酒を飲みながら映画を見るというのが、今ではいちばんの楽しみになっていた。

夕方からまた雨が降り始めた。今年の梅雨は、例年に比べると雨量が多いようで、梅雨入りしてからというもの、晴れた日は数えるほどしかなかった。

目の前のモニターからそっと視線を逸らすと、景子は自分のすぐ右側に座って画面を見つめている琴音に目をやった。琴音はピンクと白のストライプのパジャマ姿だった。

少し前までの琴音は、頻繁にヘアサロンで髪をカットしていた。一緒に暮らすようになってから、琴音はいつも運動部の男の子たちのように髪を短くしていた。

だが、数日前、そのヘアサロンで担当の女性が琴音に、「髪を伸ばしてみたらどうですか?」と提案したようだった。「小川さんの髪は本当に綺麗でつやがあるから、ロングにしたら素敵だと思いますよ」と。

初めて会った時、琴音は癖のない黒髪を長く伸ばしていた。女っぽい琴音にはそのヘアスタイルが本当によく似合っていたのを、景子は今もよく覚えていた。

「なあに、景子さん? どうかしたの?」

視線に気づいた琴音が景子に顔を向けた。湯上がりのその顔は、思わずキスをしたくなるほどに愛らしかった。

「ううん。どうもしないよ」

琴音の顔を見つめて景子は微笑んだ。

琴音がすぐに前方に視線を戻し、景子も目の前のモニターに顔を向けた。

その瞬間、画面の中の男が、主人公の女の顔にいきなり平手打ちを浴びせた。

ピシャッという鋭い音が聞こえ、主人公の顔が横を向いた。その直後に、主人公が両手で顔を覆ってその場に蹲った。

景子は反射的に、リモコンに手を伸ばして画面を消そうとした。暴力シーンを目にした琴音が、またフラッシュバックの発作に見舞われるのではないかと思ったのだ。

だが、リモコンを摑んだ景子の手に、琴音が自分の手をそっと被せた。

「ありがとう、景子さん。でも、わたしは大丈夫」

琴音が笑顔で言った。

「本当に大丈夫なの？　無理しなくていいんだよ」

「うん。大丈夫。本当に大丈夫」

琴音がまた微笑んだ。

そんな琴音を見つめて、またしても『変わったな』と、景子は思った。

いよいよあしたの午後、琴音は都内のカフェで臼井純平と対峙することになっていた。

## 12

前夜からの雨が午後になっても降り続いていた。

その日、午後三時ちょうどに、純平は小川琴音が指定したカフェに着いた。イタリア人が経営しているという大きなカフェで、エスプレッソコーヒーが人気のようだった。

雨の平日だったが、都心の大通りに面したカフェは混雑していた。純平は店の入口に立つと、明るくて広々とした店内を見まわした。

小川琴音はすでにいた。裕太が睾丸を摘出された時には、車の中にほかにふたりの女がいたようだったが、今、彼女は窓辺の席にひとりで座っていた。白い長袖のトレーナーに、飾り気のない黒いパンツという恰好だった。あの日の女は長い黒髪を背中に垂らしていたが、今、その髪はベリーショートにカットされていた。

小川琴音は顔を俯けていた。だが、すぐに顔を上げ、その大きな目で、店の入口に立っている純平を見つめた。いつものように、純平はオーダーメイドの洒落たワイシャツとスーツを身につけていた。足元もオーダーメイドの黒い革靴だった。

何度か唇を舐めてから、純平はゆっくりと女のテーブルに向かって歩き始めた。

自分は度胸のある男だと純平は考えていた。だが、言い知れぬ不安と恐怖が込み上げ、心臓の鼓動が少し速くなっているのが感じられた。

三年近い歳月が流れ、十代だと言っても通用しそうだった女は、いくらか大人っぽくなっていた。

あの日の女の顔には化粧が施されていたが、きょうの女の顔には化粧っ気がなかった。それにもかかわらず、純平はその女を今も綺麗だと感じた。いや、もしかしたら、三年前より美しくなったのかもしれなかった。

『妖精みたいな子』

かつて自分が彼女のことを、そう称したことを純平は思い出した。

歩み寄って来る純平を女はじっと見つめていた。整ったその顔には、怒りはなかったし、憎しみもなかった。

女のすぐ近くまで来ると、純平は小さく頭を下げた。女は椅子に姿勢よく腰掛けたまま、純平を見上げて小さく頷いた。

純平は何も言わずに、女のすぐ向かいに腰を下ろした。女の前にはデミカップに注がれたコーヒーがあった。

純平は女が口を開くのを待った。だが、女は何も言わず、窓の外に顔を向けてしまった。

すぐに化粧の濃い若いウェイトレスが注文を訊きにきて、純平はこの店のいちばん人気だというダークローストのエスプレッソコーヒーを注文した。

コーヒーが運ばれてくるまで、純平は口を開かなかった。女もまた、何も言わず、背筋をまっすぐに伸ばした姿勢で、大きな窓の外に視線を向け続けていた。

窓のすぐ向こう、プラタナスが立ち並んだ幅の広い歩道を、傘をさした大勢の人々が歩いていた。ここは日本のファッションの中心地だったから、その多くが若い男女で、外国人と思われる人々の姿も目についた。

雨は少し小降りになっていて、雲の隙間からは青空も覗いていた。

さっきのウェイトレスがすぐにコーヒーを運んできた。化粧の濃いそのウェイトレスが立ち去るのを待って、純平はようやく口を開いた。

「要求は何だ？」

その言葉を耳にした女が、窓の外から純平に視線を移した。

「死んでください」

表情をまったく変えず、細く美しい声で、女が静かにそう言った。

「どういう……ことだ？」

さらなる不安が全身に広がるのを感じながらも、純平は女の目を見つめて訊き返した。

「自殺してください。それがわたしの要求です」

純平の目を見つめた女が、やはり静かな口調で言った。

「いきなり、何を言うんだ？　ちょっと……ちょっと待ってくれ。ほかに、何か……お互いが納得できるような解決策を見つけようじゃないか」

わずかに身を乗り出して純平は言った。その声がわずかに震えていた。

「この要求が呑めないというのでしたら、わたしはあなたが働いた悪事を公表します。わたしはあの日の映像を持っています。仮面をつけていても、親しい人は、それがあなただとわかるでしょう。鍛えた体が仇《あだ》になりましたね。そうなったら、あなたの人生は終わりです。あなたのお父さんも市長を辞めることになるのでしょう」

大きな目で純平を見つめて、あまり抑揚のない淡々とした口調で女がさらに言葉を続けた。「臼井さん、そんなことになる前に、自らの手で命を絶ってください。そうすれば、あなたがした悪事を、周りの人たちに知られずに済みます。ご両親や奥様や子供たちも、何も知らないまま美しい思い出の中で生きていけます」

「それは無理だ……ほかに、何か解決策を……たとえば、金か何かで……」

「きょうとあした、あさっての三日待ちます」

純平の言葉を遮るようにして女が言った。「臼井さん、そのあいだに自分の手で命を絶ってください」

「だから……だから、それは無理だ。そんな要求は、絶対に受け入れられない」

テーブルから身を乗り出し、少し大きな声で純平は言った。そんな純平を客の何人かが興味深そうな顔をして見つめた。きっと恋人と別れ話でもしていると思ったのだろう。

「もし、しあさってのこの時間にあなたが生きていたら、わたしはすぐに行動を起こします。臼井さん、それであなたは終わりです。ご両親も奥様もお子さんたちも、支援している人たちも、あなたをひどく軽蔑することになります。虚栄心の強いあなたにとって、それは死ぬより辛いことじゃないですか？」

淡々とした口調でそれだけ言うと、女が静かに立ち上がった。女はほっそりとした美しい手でテーブルの上に紙幣を置くと、背筋を伸ばして姿勢よく歩き始めた。

「おい、待てっ！　ちょっと待てっ！」

純平は女の後ろ姿に向かって叫ぶように言った。

だが、女は足を止めなかったし、振り返りもしなかった。近くのテーブルにいた何人かが、また純平のほうに興味深そうな視線を向けただけだった。

純平はカップを手に取り、苦いコーヒーを一気に飲み下した。

もちろん、女の要求に従うつもりなどなかった。

## 13

景子はカフェのすぐ近くの路地裏にあるコインパーキングに停めた車の運転席で、汗ばんだ手にスマートフォンを握り締めていた。緊張と不安を覚えながら、琴音が戻って来るのを待っていた。

本当は琴音と一緒に行って、臼井という悪党と対峙したかった。だが、琴音が自分ひとりで大丈夫だと言うので、景子はこの車内で待つことにした。

雨はまた少し強くなっていた。ワイパーを動かしていないフロントガラスを、無数の雨粒が絶え間なく流れ落ちていった。ここは裏通りだったが、傘をさした何人もの男女が車のすぐ向こうの小道を歩いていくのが見えた。

その中にすらりとした体つきの若いふたりの女の姿があった。もしかしたら、そのふたりはモデルのようなことをしているのかもしれない。ふたりは整った顔に、楽しげな笑みを浮かべていた。

嬉しそうに歩くその女たちが、琴音の姿に重なって見えた。

あの男たちさえいなければ、琴音は今も、モデルをしていたのかもしれない。たとえ別の仕事に就いていたとしても、きっと楽しく生きていたのだろう。

そう考えると、男たちへの憎しみが、今また景子の中に湧き上がってきた。

日の入りまでにはまだ四時間近くあるはずだった。だが、空を覆った分厚い雲のせいで、辺りは夕暮れ時のように薄暗かった。

琴音、大丈夫かな？　あの男に怒鳴られたりしていないかな？

琴音がこの車を降りてからずっと、景子はそんなことを思い続けていた。

琴音はすでに、自ら命を絶つよう臼井に告げたはずだった。その要求は琴音自身が考えたものだった。

臼井がその要求に素直に従って、自らの命を絶つとは思えなかった。だが、景子はあえて反対しなかった。琴音が考えたことには異を唱えないようにしていたのだ。

今の琴音は、かつてのひ弱な彼女ではなかった。

雨粒に覆われたフロントガラスの向こうに琴音が姿を現したのは、車を出てから二十分も経たない頃だった。琴音は少女趣味にも感じられるピンクの傘をさしていた。

琴音はすぐには車に戻らず、駐車料金の精算をしていた。

きょうの琴音はぶかぶかとした白い長袖のトレーナーを身につけ、飾り気のない黒いパンツを穿いていた。だが、そんな恰好をしていても、すらりとした美しい体つきなのが見て取れた。

「早かったね。どうだった、琴音？　あの男はどんな反応をした？」

精算を済ませた琴音が助手席に座るとすぐに景子は訊いた。

「無理だって言ってた。受け入れられないって」

景子のほうに顔を向けた琴音が予想通りの言葉を口にした。臼井純平と向き合っているあいだ、とても緊張していたのだろう。可愛らしいその顔が今も強ばっていた。

「まあ、思っていた通りの反応だね」

「そうね。思っていた通りね」

琴音が小さく頷き、景子は車をゆっくりと発進させて表通りへと向かった。

「それじゃあ、さっそく、証拠を揃えて警察に行く準備を始めなきゃね」

景子の言葉に琴音が、小声で「うん」と答えて頷いた。

警察に通報した時には、臼井の口から広瀬慎太郎や小山裕太の名前が出ることになるはずだった。そして、その時には、琴音と景子が彼らにしたことも明らかになり、自分たちもその罪を償うことになるのかもしれなかった。

この復讐を琴音に提案する前に、景子はその覚悟をしていた。もちろん、復讐に同意した琴音も腹を決めていた。

そう。自分たちが、たとえどれほどの罰を受けようと、男たちに鉄槌を下さないわけにはいかなかった。

大通りに出る前に、ふたりの車は赤信号で止まった。すぐ背後で停止したのは、ありふれたトヨタの白いハイブリッド車で、その運転席にはサングラスをかけた女が座っていた。

背後に停止しているその車が、自分の車の追跡を始めていることに、この時の景子は少しも気づいていなかった。

14

やかましい羽音を立てて自分の周りを飛びまわる蠅と会った日の晩、月に一度くらいの頻度でしているように、純平は妻の早苗とふたりでホテルに来ていた。父がパーティをした、ターミナル駅のすぐそばにあるホテルだった。

その晩のふたりはホテル内のイタリア料理店で食事をしてから、バーで何杯かのワインやカクテルを楽しんでいた。それは以前から予定していたことで、子供たちは早苗の実家に預かってもらっていた。

上層階に位置する自分たちの部屋に戻ると、まず先に純平が入浴し、そのあとで早苗が浴室へと向かった。早苗が入浴しているあいだ、純平は素肌にバスローブという恰好のまま、氷を浮かべたスコッチウィスキーを飲みながら、また小川琴音のことを考えていた。

純平はもう一度、あのうるさい蝿の口の奥に、自分の性器を押し込んでやるつもりだった。そして、今度こそ、完全に息の根を止めてから、伊豆半島の山中に埋めてしまうつもりだった。

その時のことを想像するだけで男性器が硬直を始めた。

そうするうちに、浴室から早苗が戻ってきた。このホテルに宿泊する時にはいつもそうしているように、早苗は今夜も、ネット通販で購入した極めてエロティックな半透明のブラジャーとショーツを身につけていた。ブラジャーやショーツの薄い生地の向こうに、小豆色をした大きな乳頭と、股間に生えた黒い毛が完全に透けて見えた。

純平のすぐそばに立った早苗が長い髪を両手で頭上にかき上げ、体をS字形にくねらせながら誘うような目つきで純平を見つめた。湯上がりだというのに、早苗の顔には今も濃密な化粧が施されていた。

グラスを傍に置くと、純平はそんな早苗の姿を凝視した。子供をふたり産んだ今も、早苗は独身の時と同じように、華奢で美しい体をしていた。

「おいで、早苗」

純平はゆっくりと立ち上がると、羽織っていたバスローブの前を左右に開いた。たった今、小川琴音を凌辱することを想像していたせいで、彼の股間では巨大な性器がいきり立っていた。

「もうそんなになっているの？　すごいね、純ちゃん」

美しい顔に淫靡《いんび》な笑みを浮かべて早苗が言った。

命じられたわけではないのに、早苗は純平に歩み寄ると、床に仁王立ちになっている夫の足元に蹲った。そして、真上を向いている男性器に右手を伸ばし、そこに顔を近づけ、大きな目を閉じ、自分の手首よりずっと太い男性器にルージュに彩られた唇を被せていった。

すぐに早苗が顔を前後に動かし始めた。早苗の唾液に塗れた男性器が、すぼめられた唇を強く擦りながら出たり入ったりを繰り返した。

自宅では子供たちがいるから、あまり激しく交わることができなかった。だが、防音性の高いこのホテルに来た時には、早苗はいつもアダルトビデオの女優たちのように淫らな声を張り上げて、激しく乱れるというのが常だった。

男性器を咥えた早苗はぎっしりと睫毛エクステンションをつけた目を閉じ、上気した頬を凹ませ、鼻の穴を広げ、整った顔を切なげに歪めていた。そんな早苗を見下ろしながら、純平は小川琴音の口を犯している自分を想像した。

そう。今、自分の足元に跪いて男性器を咥えているのは、妻の早苗ではなく、あのうるさくて鬱陶しい蠅なのだ。

足元にいるのが小川琴音なのだと思いながら、純平は妻の髪を両手でがっちりと鷲摑みにする。その顔をさらに速く、さらに激しく前後に打ち振らせる。つややかな長い髪が忙しなく揺れ、耳元のピアスがブランコのように激しく揺れる。

いきり立った男性器が喉に激突するたびに、早苗は塞がれた口の隙間から「うっ」「むっ」という呻きを漏らし、苦しそうに顔を歪める。その妻の顔が小川琴音のそれと重なる。

早苗の顔を一段と速く、一段と荒々しく前後に打ち振らせる。右手を伸ばし、半透明のブラジャーのカップの上から、早苗の乳房を乱暴に揉みしだく。

「ううっ……むううっ……」

早苗の顔がさらに苦しそうに歪む。

ついに早苗が男性器を吐き出し、華奢な体を折り曲げて、内臓を吐き出すかのように激しく咳き込んだ。

「何するのっ！　乱暴よっ！」

目を潤ませた早苗が、怒りに顔を歪めて純平を見上げた。顎の先から唾液が滴った。

「あっ……あの……」

「謝りなさいっ！」

早苗が怒鳴った。本当に怒っているようだった。

「ごめん。あの……悪かった。許してくれ。もう乱暴はしないよ」

純平は素直に謝った。

「もう咥えてあげない」

手の甲で濡れた口を拭いながら早苗が言った。

「そんなこと言わないで続けてくれよ」

縋るような口調で純平は言った。

「髪は摑まないで。約束できる？」

「ああ、約束する。髪には触らない」

純平が言い、早苗はいまだに怒りの表情を浮かべながらも、再び純平の股間に顔を寄せた。そして、長く息を吐き出してから、唾液に濡れててらてらと光っている男性器を口に含んで再び前後に顔を動かし始めた。

そんな妻を見下ろしながら、純平はまたうるさい蠅のことを考えた。

ここに来る前に、彼は調査会社の女から、小川琴音の居所を突き止めたという連絡を受けていた。

## 15

都内のカフェで臼井純平と会った翌々日の夕方、いつものように琴音は近所のスーパーマーケットに買い物に行った。

前々日から断続的に降り続いていた雨は、昼すぎにようやくやみ、午後からは薄陽も差していた。南の方角から海を渡ってきた風が吹き始めたようで、辺りには少し生臭い潮の香りが立ち込めていた。湿度も高く、かなり蒸し暑かった。

混雑するスーパーマーケットで買い物をしていると、急に背後から「琴音？　琴音だよね？」という甲高い女の声が聞こえた。

その声のほうに琴音は視線を向けた。

そこに若い女が立っていた。すらりとした体つきの二十代半ばくらいの女で、整った顔には濃密な化粧が施されていた。女は白いタンクトップに、黒いタイトなミニスカートという恰好をしていた。

「やっぱり琴音だ。こんなところで会うなんて、びっくり！」

大きな声で女が言い、周りにいた客の何人かがこちらに顔を向けた。

その女が誰だか、すぐにはわからなかった。だが、やがて、目の前に立っている女と、記憶の中に埋もれかけていた女の映像が重なり始めた。

そう。その女は大学のバレエサークルで一緒に活動していた吉原真澄だった。

「真澄？　真澄なの？」

どぎついほどの化粧がされた女の顔を見つめ、琴音は遠慮がちな笑みを浮かべてそう尋ねた。あの頃と同じように、睫毛エクステンションが真澄の目の下に大きな影を作っていた。マイクロミニ丈のスカートの裾からは、ほっそりとした美しい脚が伸びていた。

「久しぶりだね、琴音。それにしても、びっくり。こんなところで何してるの？　急に学校に来なくなったし、LINEも既読にならなかったから、みんな、すごく心配してたんだよ」

嬉しそうな笑みを浮かべて真澄が訊いた。

ミスキャンパスに選ばれたことのある真澄は、あの頃も美しかったが、三年近くのあいだに、その美貌に磨きがかかったように感じられた。体の線がはっきりとわかる洋服も、スタイルのいい真澄によく似合っていた。

そんな真澄の前に立つと、化粧もせず、お洒落もせず、男の子のように髪を短くしている自分を、琴音は少し恥ずかしく感じた。きょうの琴音はカーキ色をした長袖のTシャツに、色褪せたぶかぶかのジーンズという恰好をしていた。

「うん。あの……急に留学することが決まって、あの……本当に急だったから、何も連絡できなくて……それで、わたし、今はこの近くに住んでいるの」

いろいろと尋ねられたくないと思いながらも、琴音はそう答えた。

「ええっ、ここに住んでるの？　偶然ねっ！」

またしても叫ぶかのような大声で真澄が言った。「わたしもそうなんだよ。わたしもこのすぐ近くに住んでいるんだよ」

「えっ、真澄も？」

「うん。そうだ、琴音。これから、わたしの部屋に来ない？　ちょうど智美《ともみ》ちゃんも遊びに来ることになってるんだよ」

「智美ちゃんって……河合《かわい》智美ちゃんのこと？」

懐かしさが込み上げるのを感じながら琴音は訊き返した。河合智美もバレエサークルの仲間で、当時の琴音は真澄と同じように親しくしていた。

「そうだよ。琴音が来たら、智美ちゃん、ものすごく喜ぶよ。いいでしょ？　おいでよ。おいでよ」

満面の笑みを浮かべた真澄が言った。

その笑顔に心を動かされて、琴音は「少しだけなら」と言って頷いた。

懐かしい友人たちに再会できるのだと思うと、弾むような喜びが湧き上がってくるような気がした。そんな気持ちになるのは、実に久しぶりだった。

## 16

景子には『大学の時の親友とばったり会ったから、少しだけ話をしていくね。彼女、すぐ近くに住んでるの』とＬＩＮＥで連絡を入れた。そのメッセージはすぐに既読になり、景子から『楽しんできてね』という返信が届いた。

スーパーマーケットを出た琴音は、真澄と並んで彼女の部屋に向かって歩いた。歩きながら、真澄は自分がなぜこの街にいるのかを説明してくれた。

大学卒業後の真澄は大手の化粧品メーカーに就職し、今はここから歩いて五分足らずのところにあるマンションに暮らしているらしかった。湘南地区にあるこの街は、真澄が勤務している会社の工場に近いということだった。

確かに、湘南電車に乗るたびに、琴音はその化粧品メーカーの大きな工場と看板を目にしていた。

就職した当初は、真澄は都内の本社に勤務していた。だが、今年の春に湘南工場内の研究施設に異動になったようだった。

当時から、真澄には恋人がいた。彼のことは琴音も知っていた。製薬会社に就職した彼は地方都市での勤務になってしまったが、今も最低でも月に一度は会っているようだった。

歩いているあいだ、ずっと真澄は自分の話ばかりしていて、琴音には何も訊かなかった。それが今の琴音にはありがたかった。自分のことは何も話したくなかった。

一年でいちばん日の長い季節だったが、辺りには夕闇が漂い始めていた。行き交う車はヘッドライトを点《つ》けていた。街路灯の明かりも灯っていた。生暖かな風は今も湿っていて、歩いていると汗ばむほどだった。

すぐ隣を歩く真澄からは、スズランの花を思わせるような甘い香りが漂っていた。海からの風が吹くたびに、栗色に染めた長い髪が美しく靡いた。

真澄は充実した生活をしているんだ。真澄だけじゃなく、大学の同級生たちは、みんなそれぞれの人生を歩いているんだ。

そんなふうに考えると、自分ひとりが取り残されてしまったような気がした。だが、琴音はその思いを意識的に振り払った。

「ここだよ。今、ここに住んでるの」

真澄がすぐそこにある大きなマンションを指差して言った。だが、真澄はマンションのエントランスホールではなく、その一階部分にある駐車場へと向かった。

「どこに行くの？」

「車の中に荷物があるから、それを持って行きたいの」

「真澄、車を持ってるの？」

「会社の車だよ。荷物、少し多いのよ」

「だったら、運ぶの手伝うよ」

笑みを浮かべて琴音が言い、真澄が「そうしてもらえると助かる」と言って笑った。

マンションの駐車場には十数台の車が停められていた。駐車場の周りは壁で囲まれているために、明かりは灯っていたけれど、奥のほうは少し薄暗かった。

「あの車だよ」

真澄が駐車場のいちばん奥に停まっている白い小型乗用車を指差した。

別の車の陰から男が姿を現したのは、その時だった。

黒っぽいスエットの上下を身につけた男を目にしたその瞬間、琴音の華奢な体を凄まじい戦慄が走り抜けた。

男は色の濃いサングラスをかけた上に、黒いマスクをつけていた。だが、その男が臼井純平だということはすぐにわかった。

とっさに琴音は踵《きびす》を返し、駐車場の出口へと走った。だが、男はとても俊敏で、すぐに右腕を背後からがっちりと摑まれてしまった。

「いやっ！　離してっ！」

琴音は男の手を振り解こうとした。

次の瞬間、男が手にした何かを琴音の首筋に押し当てた。

それがスタンガンらしいということを琴音が認知した瞬間、男がその器具をスパークさせた。

激しいスパーク音が聞こえた。同時に、華奢な肉体を強烈な電撃が走り抜け、琴音は

「ひっ」という短い悲鳴をあげた。その直後に、視野が急激に狭くなり、目の前が暗くなってすべての音が消えた。

## 17

気がついた時には、琴音は真っ暗な場所にいた。両手首は腰の後ろで手錠のようなもので拘束され、両足首にも手錠らしきものをかけられて床に転がっていた。

スタンガンを押しつけられた首筋が、ヒリヒリとした強い痛みを発していた。

ここはどこ？　わたしはどこにいるの？

激しいパニックに見舞われながら、琴音は必死で辺りを見まわした。

何も見えなかったが、床下からエンジンのような音が聞こえた。床が細かく振動しているのも感じた。

そう。おそらく、琴音は走り続けている車の中にいるのだ。ここは宅配便のトラックの荷台のような密閉された空間なのだ。

反射的にバッグを探した。バッグに入っているはずのスマートフォンで、景子に連絡を取ろうと思ったのだ。

だが、バッグは見つからなかった。少なくとも、手の届くところにバッグはなかった。

急に、あの時のことを思い出した。黒っぽいミニバンの後部座席に押し込まれて、臼井純平の別荘に向かっていた時のこと、を。

わたし、これからどうなるの？　あの人はわたしをどうするつもりなの？

そう思った瞬間、さらなるパニックが込み上げ、琴音は拘束された体を捩って凄まじい悲鳴をあげた。

「いやーっ！　いやーっ！」

鋭いその声が真っ暗な空間に響き渡った。

久しぶりに過呼吸の発作が始まった。これまでに経験したことがないほど激しい発作だった。

落ち着くのよ。落ち着きなさい。

自分にそう言い聞かせながら、琴音は口の周りの空気を必死で吸い込もうとした。だが、そんな簡単なことがどうしてもできず、一秒ごとに呼吸苦が募っていった。それはまるで水の中に頭を押し込まれているかのようだった。

真澄は？　真澄もあの男に拉致されたの？

凄まじい苦しみの中にいながらも、琴音は真澄の身を案じていた。もし、真澄が逃げられたなら、警察に通報してくれるのではないかと仄かな期待を抱いてもいた。

地獄の苦しみがどれくらい続いたのだろう。やがて、発作が少しずつ治まっていき、呼吸も容易になり始めた。

意識的な呼吸を繰り返しながら、琴音は急に、男たちに拉致されたあの日、自分がその直前まで吉原真澄と一緒にいたことを思い出した。

えっ？　どういうこと？　もしかしたら……真澄は敵だったの？

そんなことはあり得なかった。学生時代の琴音は、真澄と仲がよかったのだ。いつも一緒にランチをとり、休日にはしばしばふたりで買い物に行っていたのだ。

だが、一度、頭に浮かんだその思いを振り払うことが、琴音にはどうしてもできなかった。

響き続けていたエンジンの音が消え、その直後に、真っ暗だった空間に明かりが灯った。琴音が転がされているのは、やはりトラックの荷台のようだった。

過呼吸の発作は治まっていたが、頭がずきずきと激しく痛んだ。胃が痙攣するたびに強い吐き気が込み上げ、今にも嘔吐してしまいそうだった。

やがて、軋《きし》むような音とともに、後部の扉が左右に開かれた。

開いた扉の向こうにふたりの人間の顔が見えた。ひとりはあの男、臼井純平で、もうひとりは吉原真澄だった。

信じられなかった。いや、信じたくなかった。

だが、もはや疑う余地はないようだった。

そう。真澄は臼井の側の人間だったのだ。ふたりはグルだったのだ。

すでに完全に日が暮れているようで、扉の外は真っ暗に近かった。枯れ草のようなにおいや、湿った土のようなにおいがし、たくさんの夜の虫が鳴いている声も聞こえた。たぶんここは、三年近く前に琴音が連れてこられた別荘地なのだろう。

「小川さん、着いたよ。降りようか」

静かな口調でそう言うと、臼井純平が「よいしょ」と声を出しながら荷台に上がってきた。真澄のほうは車の後方に立ったまま、何か楽しいことが起きるのを期待しているような顔をしてこちらを見つめていた。

荷台に上がってきた男が楽しげな笑みを浮かべ、琴音のすぐ脇に身を屈めた。

「気分はどうだい、小川さん？」

男が笑顔でそう口にした。

「いやっ……助けて……助けて……」

男はその手にスタンガンを握っていた。

「大きな声を出すな。もし、騒いだら殺す」

分厚い掌で琴音の頬をゆっくりと撫でながら男が命じた。

「わたしを……どうする……つもりですか？」

大きな目をいっぱいに見開いて琴音は訊いた。声が震えるのを抑えられなかった。

「あんたが考えていることをするつもりだ。楽しみだな」

嬉しそうな顔をして男が言い、琴音はあの時のことをまた思い出した。

「いやっ……やめてっ……やめてください……真澄……真澄……何とか言って。お願いだから、その人にやめろと言って。わたしが真澄に、何か悪いことをした？　どうしてこんなことをするの？　真澄っ、お願いだから何とか言ってっ！　真澄っ！　真澄っ！」

声を振り絞るようにして琴音は訴えた。

「嫌いなんだよ。わたしは昔から、あんたが大っ嫌いだったんだよ」

冷たい目で琴音を見つめ、突き放すように真澄が言った。

頭が割れてしまいそうに痛み、凄まじい恐怖に全身が震えた。

「小川さんが悪いんだぜ。あんな昔のことを、今さら蒸し返そうとしたからだ」

笑いながらそう言うと、男が琴音の首筋に再びスタンガンを押し当てた。

「やめてっ！　やめてっ！」

琴音は目を見開いて必死で訴えた。

だが、男はその訴えを無視して、スタンガンをスパークさせた。

激しい電撃が再び肉体を貫いた。琴音は小さな悲鳴をあげ、全身をガクガクと痙攣させて、またしても意識を失った。

## 18

意識を取り戻したのは、琴音が穿いているぶかぶかのジーパンを男が引き下ろしている時だった。

「あっ。いやっ！　やめてっ！　やめてくださいっ！」

いつの間にか、四肢の自由を奪っていた手錠は外されていたから、琴音は身を悶えさせて必死の抵抗を試みた。だが、男は琴音の下半身からジーパンを難なく剝ぎ取り、今度はカーキ色をした木綿の長袖Tシャツを脱がせようとした。

「大人しくするんだ、小川さん」

琴音のTシャツを胸の上まで捲り上げて男が命じた。だが、琴音は腕を振りまわすようにして、さらなる抵抗を試みた。

「大人しくしろって言ってるのが、聞こえないのかっ！」

叫ぶようにそう言うと、男が琴音の左の頰にしたたかに平手打ちを浴びせた。ピシャッという鋭い音が窓のない密室に響き渡った。

琴音は「あっ」という小さな悲鳴を上げ、ひんやりとしたコンクリートの床にもんどり打って倒れ込んだ。

その瞬間、部屋の片隅に立っている真澄の姿が見えた。

その平手打ちは本当に強烈で、目の前が暗くなり、またしても意識が遠のいていった。

琴音が朦朧となっているその隙に、男は琴音にのしかかってTシャツを脱がせただけでなく、白いブラジャーとお揃いの小さなショーツを容易く毟り取った。

「や……やめて……乱暴なことは……やめて……ください……」

口の中に血の味が広がっていくのを感じながら、琴音は裸の上半身を床から起こし、喘ぐようにそう繰り返した。

琴音がいるのは、剝き出しのコンクリートに囲まれた窓のない空間で、やはりあの部屋……三年近く前に三人の男たちから凄まじいまでのレイプを受けた、あの忌まわしい地下室のようだった。

あの日と同じように、がらんとしたその空間には家具がほとんどなく、合成樹脂製の真っ黒なシートが張られたベッドのような台がひとつ置かれているだけだった。天井に埋め込まれたいくつかのライトが、窓のない殺風景な室内を冷たく照らしていた。

「真澄っ！　お願い、やめさせてっ！　お願いっ、真澄っ！　真澄っ！」

部屋の片隅に立ち、こちらに視線を向けている真澄を見つめ、琴音は必死で哀願したけれど、真澄は何も言わず、琴音を見つめ続けているだけだった。

濃い化粧が施された真澄の顔には今も、嬉しそうな表情が浮かんでいた。それはまるでコンサート会場で演奏が始まるのを、今か今かと待ち受けているかのようにも見えた。

琴音の目の前で、臼井純平が身につけていたスエットの上下を素早く脱いだ。

すぐそこで真澄が見ているというのに、男は黒いボクサーショーツまで脱ぎ捨てて全裸になった。男の股間では大きくてグロテスクな男性器が、暴力的にそそり立っていた。

男は本当に筋肉質な体つきをしていた。真っ黒に日焼けしていたが、ボクサーショーツの下の皮膚だけは白かった。

全裸になった男は、ひんやりとした床に蹲っている全裸の琴音に向き合うように立った。

「小川さんは相変わらず綺麗で、スタイルも抜群なんだな」

床の上で震えている琴音を見つめて男が言った。その顔には満足げな笑みが浮かんでいた。

「助けてください。そうしたら、もう何もなかったことにします」

声を震わせて琴音は言った。それが本心なのかどうかは、琴音自身にもわからなかったが、今は『死にたくない』『殺されたくない』とだけ考えていた。

「俺に言われた通りにしろ。そうしたら、命だけは助けてやる」

「それは……本当ですか？」

琴音は男の顔を見つめた。ぶたれた頬が腫れを増していくのが感じられた。

「ああ。本当だ。言われた通りにすれば殺さない」

勝ち誇ったような顔をして男が言った。

そう。臼井純平は勝者で、琴音は完全な敗北者だった。誰も助けに来てくれないこの地下の密室で、その男は圧倒的な力を持った専制君主であり、琴音は無力で無防備な家畜以下の存在にすぎなかった。

「わかりました。言われた通りにします。生きて帰らせてもらえるなら、きょうのことは忘れます。臼井さんのことも忘れます」

恐怖に顔を歪めて琴音は言った。

『殺さない』という男の言葉は、とてもではないが信じられるものではなかった。けれど、敗北者たる琴音にできることは、男の命令に従うことしかなかった。

「そうか。だったら、小川さん、まずは俺に謝れ」

男が言った。その股間では、恐ろしく巨大な男性器がさらなる膨張を続けていた。

「謝るって……あの……何を謝るんですか？」

琴音は尋ねた。そのあいだにも、ぶたれた頬はさらに腫れを増していった。

「決まってるだろう？　お前はこの俺に、自殺しろって命令したんだ」

「でも、あの時は……」

「お前、何様なんだ？　この俺を誰だと思ってるんだ？　いずれ国会議員になるんだぞっ！　その俺に生意気なことを言いやがって。まずは、そのことについて謝れ。そこに土下座して謝れ。さあ、謝れっ！　謝るんだっ！」

話しているうちに男は興奮して、最後は叫ぶような口調になった。

「すみません。許してください」

今にも泣きそうに顔を歪めて琴音は言った。ほかに選択肢はなかった。

「土下座しろ。今、そこで土下座しろ」

やはり琴音に選択肢はなかった。琴音は全裸のまま、込み上げる恐怖にガタガタと震え続けながらも、ゆっくりと正座の姿勢になり、コンクリートの床に額を擦りつけるようにして土下座をした。

「これでいいですか？」

琴音が言ったその瞬間、男が足で頭を踏みつけた。

「あっ……いやっ」

鼻が押し潰されそうになり、琴音は思わず顔を横に向けた。

「いい眺めだ。気分がいいぞ。最高だ」

頭上から男の声が聞こえたが、悔しさは感じなかった。琴音が感じていたのは恐怖だけだった。

「わたしもすっごくいい気分。臼井さん、その女の頭をもっと強く踏んでやって」

嬉しそうに言う真澄の声も聞こえた。

やがて男が、琴音の頭に乗せていた足をゆっくりとどかした。そして、次の瞬間、ベリーショートにカットされた琴音の髪を真上から鷲掴みにして顔を上げさせた。

「あっ！　痛いっ！」

首が強く痛み、髪の何本かが抜けたのがわかった。

目を開くと、琴音の顔のすぐ前にいきり立っている男性器が見えた。

「よし。まずは口でやれ」

目の前に仁王立ちになっている男が、勝ち誇った顔で命令を下した。

「ああっ、真澄……何か言って……わたしを助けて……」

琴音は真澄に視線を向けた。

「諦めな、琴音。さっさと咥えるんだよ」

悪魔のような笑みを浮かべた真澄が言った。

今度も選択肢はなかった。喘ぐような呼吸を何度か繰り返してから、琴音は男に向き合った。そして、すぐそこにある巨大な男性器に恐る恐る手を触れ、しっかりと目を閉じてから口いっぱいにそれを含んだ。

## 19

すぐに男が両手で琴音の髪を鷲摑みにし、その顔を前後に動かし始めた。最初の何度かはゆっくりとだったが、やがてその速度はどんどん増していった。

男性器を口に押し込まれている琴音の耳に、時折、シャッター音が飛び込んできた。真澄がスマートフォンのレンズをこちらに向けているらしかった。

「小川さん、もっとしっかり咥えるんだ。もっと唇をすぼめろ。舌も使え。真澄ならもっと上手くやるぞ」

そう命じる男の声が、頭上から聞こえた。

「そうだよ。琴音。もっとしっかり咥えな」

今度は真澄の声が耳に飛び込んできた。「すっごくいい眺め。ああっ、すっきりする。何だか、すっごくすっきりする」

真澄は本当に嬉しそうだった。

わたしは真澄に、こんなにまで嫌われていたんだ。

恐怖と悲しみの中で琴音は思った。

男は乱暴に琴音の口に男性器を押し込み続けた。

石のように硬い男性器が一際強く喉を突き上げた瞬間、琴音は思わず男性器を吐き出し、床に両手を突いて激しく咳き込んだ。口から滴り落ちた唾液が、コンクリートが剝き出しの床に染みを作るのが見えた。

「それくらいのことで咳き込むなんてだらしないよ、琴音。もっと頑張りなさい」

またしても、とても嬉しそうな真澄の声が聞こえた。

六度目か、七度目に咳き込んで男性器を吐き出した時に、琴音は頭上にある男の顔を見上げて哀願した。

「許してください、臼井さん……もう吐きそうです……」

口からの呼吸ができないことと、前後に強く揺さぶられ続けたことで、頭がぼうっとしていた。長いあいだ口を半開きに固定していたために顎の関節もおかしくなっていたし、首の筋肉も強い痛みを発していた。

「だらしないな。それじゃあ、今度はあのマットに四つん這いになれ」

好色そうな表情を浮かべた男が、黒い合成樹脂製のシートに包まれたマットを示して言った。

もちろん、逆らうことはできなかった。

顎先から唾液を滴らせながら頷くと、琴音はゆっくりと立ち上がった。そして、ひどく脚をふらつかせて部屋の中央付近に置かれたマットに歩み寄ると、そのマットにゆっくりと上がり、そこに両肘と両膝を突いて四つん這いの姿勢を取った。

部屋の片隅に立った真澄は、スマートフォンをこちらに向けていた。今度は動画撮影をしているのかもしれなかった。

「小川さん、もっと脚を広げろ。もっとだ。もっとだ。もっともっと広げるんだ」

強い口調で男が命じ、琴音は屈辱と絶望と恐怖に支配されながらも、さらに大きく脚を左右に広げた。男は背後に立っていたから、そこからだと女性器や肛門が丸見えになっているはずだった。

「すごいポーズだね、琴音。すごくいやらしい恰好。いやらしすぎる。とてもじゃないけど、わたしだったら恥ずかしくて、ここまですごい恰好はできないよ」

撮影を続けているらしい真澄が、あからさまな蔑みを込めた口調で言った。

「よし。それでいい。始めるぞ」

そう宣言すると、男が背後で膝立ちになり、琴音の尻を両手で鷲摑みにして力ずくで男性器を押し込み始めた。

男性器を受け入れるのは、あの時、以来だった。琴音は激しい痛みを覚えて、小さな呻き声を漏らして身を捩った。

「真澄とは違って、締まりがいいんだな。すごくきつくて、なかなか入っていかないぞ」

男性器を強引に押し込み続けながら男が言った。

「ひどいこと言わないでよ」

不服そうに言う真澄の声が聞こえた。

きっと真澄と臼井は、かなり以前から体の関係を持っていたのだろう。だが、今の琴音にとっては、ふたりの関係など、どうでもいいことだった。

巨大な男性器がようやく根元まで埋没すると、男が大きくひとつ息を吐いた。その直後に、男は腰を前後に激しく打ち振り始めた。肉と肉がぶつかり合う鈍い音が、コンクリートに囲まれた部屋に響いた。

男性器が子宮口を乱暴に突き上げるたびに、強烈な痛みが襲いかかってきた。だが、四面楚歌の状態にある琴音にできたのは、顔を歪め、マットに爪を立て、苦しげな呻きを漏らすことだけだった。

「すごいよ、琴音。すごい。すごい。アダルトビデオの女優みたいにいやらしいよ」

嬉しそうな真澄の声が聞こえた。真澄は室内を歩きまわり、悶絶している琴音の姿をさまざまな方向から撮影していた。

男は「殺さない」と言った。「命だけは助けてやる」とも言った。確かに、そう言った。けれど、その言葉を信じることなど、できるはずはなかった。

そう。この行為を思う存分に楽しんだら、男は琴音の口を永久に塞いでしまうつもりなのだ。三年前にやり損ねたことを、今夜こそやり遂げ、冷たい死体になった琴音を伊豆の山中に車で運んでいき、そこに深い穴を掘って埋めてしまうつもりなのだ。

ああっ、結局、死ぬんだ。わたしはここで死ぬんだ。

かつて、琴音は海に身を投げて自らの命を絶とうとした。あの時は本当に死んでしまいたかったのだ。

だが、今はその命が惜しかった。何としてでも生きていたいと望んでいた。

「ああっ、出そうだ……出そうだ……」

腰を振り続けていた男が呻くようにそう言った瞬間、突然、地下室のドアが勢いよく開けられた。

顎の先から絶え間なく唾液を滴らせながら、涙に潤んだ目で琴音はそれを見た。

## 20

開いたドアから飛び込んできたのは景子だった。景子は腰のベルトにサバイバルナイフを差していた。

「誰っ！　誰なのっ！」

悲鳴にも似た真澄の声が地下の密室に響き渡った。

「ああっ、景子さんっ！」

四つん這いの姿勢のまま、琴音は思わず叫んだ。ふたりの視線が素早く交錯した。

「誰だっ、お前は！」

硬直したままの男性器を四つん這いの琴音から引き抜き、臼井が勢いよく立ち上がった。

景子は男を一瞥し、その直後に、ドアのすぐ近くにいた真澄に歩み寄った。そして、真澄のタンクトップの襟元を左手で鷲掴みにし、その顔面、睫毛エクステンションが施された左目の辺りに右の拳を思い切り打ち込んだ。

鈍い打撃音とともに、真澄が「ひっ」と呻いた。濃密な化粧がなされた顔が歪むのが見えた。

その一撃で、真澄は二メートル近くも吹っ飛び、両手で顔を押さえ、長い脚をバタバタとさせてコンクリートの床をのたうちまわった。タイトなミニスカートが腰の辺りまで捲れ上がり、ラベンダー色をしたショーツが丸見えになった。

「琴音から離れろっ！」

腰から抜いたサバイバルナイフの刃先を男に向けた景子が叫んだ。

「邪魔しやがってっ！　お前から先に、ぶっ殺してやるっ！」

臼井が地下室に響き渡る大声で叫びながら景子に歩み寄った。いまだに硬直を続けている男性器が、男の股間で上下に揺れた。

自分に歩み寄ってくる男に向かって、景子がナイフを握った右手を突き出した。

だが、男は機敏だった。次の瞬間、空手チョップを繰り出すかのように、男がそのナイフを景子の手から叩き落とした。床に叩きつけられたナイフが、部屋の片隅に向かって滑っていった。

景子の顔に驚いたような表情が浮かぶのを琴音は見た。

だが、景子はすぐに気を取り直し、柔道の試合の時のように、男のほうにゆっくりと両手を突き出した。男もまた、同じように身構えた。

手が触れるか、触れないかという間合いで、ふたりは数秒のあいだ見つめあっていた。お互いに隙を探しているのだ。

やがて男がその筋肉質な右腕を、景子に向かって伸ばした。

自分のほうに伸ばされた男の右腕を、景子が素早く握り締めた。男は景子の体を自分のほうに引き寄せようとした。だが、その前に、景子は男の腕を摑んだままクルリと背を向け、全裸の男の逞しい体を自分の腰に乗せるようにして投げ飛ばした。

男は宙で一回転し、コンクリートの床に背中から叩きつけられて「ぐっ」と呻いた。

その隙に、琴音は部屋の隅に向かって走り、そこに転がっていたサバイバルナイフを拾い上げた。ふと見ると、真澄は相変わらず両手で顔を押さえ、意味をなさない声を発しなが、床の上で悶絶を続けていた。

景子が臼井に見舞ったのは、実に見事な背負い投げだった。だが、男が倒れていたのは一秒ほどのことで、その直後には顔を歪めながらも立ち上がった。

「畜生っ！　このアマっ！　本当に殺してやるっ！」

そう怒鳴ると、男は再び景子に向かっていった。

そんな男の右手首を、またしても景子が素早く摑んだ。だが、男はそれには構わず、筋肉質な体をしならせるようにして、左の拳を景子の腹部に力任せに突き入れた。

景子の顔が苦痛に歪むのが見えた。その直後に、男は左腕を振りまわすようにして、景子の右のこめかみ付近を強かに殴りつけた。

鈍い音が地下室に響き、景子が「うっ」と呻いてわずかに腰を落とした。その隙に、男は手首を握られていた右手を振り解き、握り締めたその拳で、景子の顔面に凄まじい一撃を浴びせた。

再び鈍い音がし、景子はふらふらと何歩か後退《あとずさ》った。左目から頰にかけての部分が真っ赤になっていた。

男は攻撃をやめなかった。後退する景子に右脚で強烈なまわし蹴りを見舞ったのだ。景子の左脇腹に、男の右足の脛がめり込むのが見えた。

景子は大きくふらつき、背後の壁に寄りかかるような姿勢を取った。景子は必死に目を見開いていたが、その目は焦点が合っていないように見えた。

男が琴音を振り向いた。琴音は体の背後にサバイバルナイフを隠し、景子がいるのとは反対側の壁を背に佇んでいた。

今も床の上で悶絶を続けている真澄に、男はちらりと視線を向けた。

「おい、真澄。そっちの女をちゃんと見張ってろっ！　ナイフも拾っておけっ！」

男が大声で真澄に命令した。だが、真澄は今も両手で顔を押さえて床に転がったままだった。

すぐに男が景子への攻撃を再開した。壁に寄りかかって茫然と立ち尽くしている景子に歩み寄り、その腹部に今度は右の拳を深々と突き入れたのだ。

「ぐふっ……」

景子が前方に身を屈めて呻いた。

次の瞬間、男は獣のような唸り声を上げながら、前屈みになっている景子の顎を、ボクシングのアッパーカットのように下から上に右の拳で打ち抜いた。

景子の顔が真上を向いた。口から唾液が飛び散るのが見えた。その直後に、景子はコンクリートの壁に背中を擦りつけながら、その場にずるずると崩れ落ちた。

もはや勝敗は明らかだった。だが、男は攻撃の手を緩めなかった。

意識を失いかけている景子を男が床に押し倒し、その腹部に勢いよく馬乗りになった。そして、両手を景子の首にまわし、剝き出しの太い腕をぶるぶると震わせながら首を絞め始めた。

「このアマっ、死ねっ！　死ねっ！」

声を絞り出すようにして男が言った。

意識を取り戻した景子が、男の手首を必死で握り締めた。景子は怪力の持ち主だったが、男の手を振り解くことは難しそうだった。

殺される！　景子さんが殺される！

その瞬間、琴音はサバイバルナイフを握り締めた。そして、もう何も考えず、その刃先を前方に向け、景子にのしかかっている男の筋肉質な背中に向かって突進した。

男が琴音を振り向いた。だが、その時にはすでに、琴音は男に体当たりをするかのようにして、剝き出しの背中に巨大なナイフを突き入れていた。

鋭利なナイフが皮膚と肉を切り裂き、肋骨をかすめながら、男の体に沈み込んでいった。

ナイフの柄を握り締めた右手に、琴音はそれをはっきりと感じた。

「うっ……ふっ……」

男は景子の首から手を離し、低い声を漏らして立ち上がろうとした。

琴音は悲鳴を上げながら、飛び退くようにして男から離れた。男の背中の右側に、サバイバルナイフの柄が突き立っているのが見えた。

## 21

早くも壁際に立っている琴音を男が見つめた。端整なその顔が苦痛と怒りに歪んでいた。

「ちく……しょう……やり……やがったな……」

呻くように言うと、景子に馬乗りになっていた男がゆっくりと立ち上がった。「ゆ……ゆるさねえ……こ……ころして……やる……」

低い声で男が言った。その口から真っ赤な血が流れ出た。いつの間にか、男の性器はすっかり萎んで、股間にだらりと垂れ下がっていた。

琴音は息を乱れさせながらも、コンクリートの壁に背中を擦りつけるようにして、ライトに照らされた部屋の片隅に佇んでいた。

「こ……ころしてやる……ころ……してやる……」

低い声で男が繰り返した。その口からまた血が溢れ出た。内臓を激しく損傷しているのは明らかだった。

景子の腹から降りた男は、背中にサバイバルナイフを突き立てたまま全裸で部屋の片隅に立っている琴音に向かってきた。その顔には鬼のような形相が張りついていた。今では口の下も真っ赤に染まっていた。

琴音は恐怖に顔を歪めながら、壁伝いにじりじりと移動した。

「う……うごくな……そこから……うご……くな……」

そう言った瞬間、口からさらに多量の血液が溢れ出し、男はその場にゆっくりとしゃがみ込んだ。

床にしゃがんだまま、男はなおも長いあいだ琴音を見つめ続けていた。だが、やがて、その姿勢を取り続けていることも難しくなり、苦しげな呻きを上げながら、コンクリートの床にゆっくりと俯せに倒れ込んだ。

「ちく……しょう……やって……くれたな……」

口からさらに血を溢れさせながら男が言った。だが、その声は小さくて、とても弱々しくて、少し聞き取りにくかった。

そのあいだに、景子がゆっくりと体を起こした。殴られたために、その顔がひどく腫れあがっていた。口から溢れた胃液が、グレーのシャツの胸を汚していた。太い首の周りには赤いアザができていた。

「ふ……くしゅう……できて……ま……まんぞく……したか？」

琴音のほうに顔を向けて男が言った。いつの間にか、その顔からは怒りの表情が消えていた。

琴音は男を見つめ、無言のまま首を左右に小さく振り動かした。

けれど、男は目を閉じてしまったから、琴音の顔は見えなかったかもしれない。

「景子さん、大丈夫？」

ゴホゴホという咳の音が聞こえて、琴音は景子に視線を向けた。

「大丈夫だよ。これぐらい、何でもない」

そう言いながら立ち上がった景子が、手の甲で口元を拭いながら、脚をふらつかせて男に歩み寄った。その顔はさらに腫れて、完全に人相が変わってしまっていた。

「おい、臼井。臼井」

ナイフの柄を背中に突き立てて倒れている男を見下ろして景子が呼びかけた。

けれど、その呼びかけに男は反応しなかった。筋肉質な腕と脚を、痙攣したかのように震わせただけだった。口の周りの床には、今も真っ赤な鮮血が広がり続けていた。

琴音は真澄に視線を向けた。

真澄は床に横座りになり、茫然とした様子でこちらを見つめていた。強かに殴られた左目の周りにどす黒いアザができ、瞼がひどく腫れ上がり、左目をほぼ完全に塞いでいた。

真澄は唇を震わせていたが、その口から言葉は出なかった。

景子は長いあいだ、無言で男を見下ろしていた。痙攣していた腕や脚は、いつの間にか、ピクリとも動かなくなっていた。

やがて景子が男のすぐ脇にしゃがみ、汗で光っている背中の左側に耳を押しつけた。

「まだ心臓は動いている……でも、今にも止まりそうだ……」

男の背に耳を押し当てたまま景子が言った。「ああっ、止まる……止まる……あっ、今、止まった……心臓が止まった……臼井は、死んだんだ……」

景子が静かな口調で言い、琴音は唇を噛み締めて頷いた。

そう。臼井純平は死んだのだ。

## 22

下着は引き裂かれてしまったので、琴音は裸体にじかに衣類を身につけた。

「景子さん、真澄のスマホを取り上げて。真澄がいろいろと撮影していたの」

琴音は訴えた。あんな動画や写真を残しておくわけにはいかなかった。

その言葉に頷くと、景子が今も床に蹲っている真澄に歩み寄った。

「聞こえただろ？　スマホを出せ。早くしろ」

怒りのこもった口調で景子が命じた。

真澄はわずかに頷くと、激しく震えている手でスマートフォンを差し出した。

「ああっ、助けてください……許してください……」

床に蹲ったまま、顔を歪めて真澄が訴えた。

「これは証拠として預かっておく」

景子が真澄を見下ろしてそう言うと、毟り取るかのように受け取ったスマートフォンを自分のズボンのポケットに押し込んだ。

「この女をどうする、琴音？　ついでだから殺して、この男と一緒に埋めちまおうか？」

自分の足元でわなないている真澄と、衣類を身につけ終えた琴音を交互に見つめて景子が言った。

「やめて……助けて……殺さないで……」

喘ぐかのように真澄が訴えた。真澄は景子を見つめたあとで琴音に視線を向けた。

「真澄、教えて……どうして……どうしてなの？　あの男たちとは……どこで……どこで、知り合ったの？」

怯え切った様子の真澄に琴音は尋ねた。

「昔……学生だった頃に……臼井さんの父親の選挙で……ウグイス嬢のアルバイトを……したことがあって……その時に……あの人と知り合ったの」

琴音に視線を向けたまま、声をひどく震わせて真澄が答えた。

「この女、やっぱり、生かしておくわけにはいかないな。琴音、殺してもいいか？」

景子が言った。

「ああっ、殺さないで……殺さないで……」

涙を流しながら真澄が訴えた。腫れ上がった瞼に押し潰されている左の目からも涙が溢れていた。

「真澄……わたしのことが……そんなに嫌いだったの？　そんなに憎かったの？　どうし

て？　どうしてなの？」

床に蹲ったままの真澄に、琴音はさらに尋ねた。

そう。琴音はずっと、真澄を親友だと思っていたのだ。あの男たちと協力して自分を陥れたなどとは、これまでチラリとも思ったことはなかったのだ。

「恵まれすぎていたから……琴音は何もかも持っていたから……」

別人のような顔になった真澄が絞り出すかのように言った。

「わたしが……何もかも持っていた……」

琴音は真澄の言葉を力なく繰り返した。

「そうよ。琴音は顔が綺麗で、スタイルがよくて……モデルとしても活躍していて……家もお金持ちで……わたしがミスキャンパスに選ばれた時も、もし琴音が出ていれば、わたしではなく琴音が選ばれたなんて陰口も叩かれて……だから……だから、ひどい目に遭えばいいと思ったのよ……男たちにレイプされて、殺されてしまえばいいと思ったのよ」

考えるような顔になった真澄がそう言葉を続けた。

「お前、人間じゃないな」

吐き捨てるかのように景子が言い、琴音のほうに視線を向けた。景子の顔もまた、腫れ上がり続けていた。「どうする、琴音？　この女、殺しちまっていいか？」

琴音は景子の顔を見つめ、無言で首を左右に振った。

真澄の言葉に琴音はひどく傷ついていた。けれど、それでも、真澄を殺してしまいたいとは思わなかった。

「景子さんは……どうしてここがわかったの？」

しばらくの沈黙のあとで琴音は尋ねた。

「GPSだよ。そのためのものだからね」

そう言うと、景子が腫れ上がった顔に穏やかな笑みを浮かべた。

琴音がいつまでも戻ってこないので、心配になった景子は、琴音の居場所を確認しようとした。

こんな時のことを予期していたわけではなかったが、ふたりが出会ってちょうど二年の記念日に、景子は琴音に超小型のGPS機能のついたキーホルダーをプレゼントしていた。

いや、琴音にはそのキーホルダーにGPS機能があることは教えていなかった。そんなことを知らせると、琴音が気を悪くするかもしれないと思ったからだ。

琴音はそれを「景子さんがいつも一緒にいてくれているみたいで嬉しい」と言って、いつも身につけていた。けれど、琴音はＧＰＳ機能については知らないはずだったから、景子が助けに来るとは思わなかったに違いなかった。

いずれにしても、景子はいつまでも戻ってこない琴音の居場所を突き止めるためにそのＧＰＳを使った。

ＧＰＳが送ってくる情報を見た景子は恐怖に身を強ばらせた。近くの友人の家にいるはずの琴音が伊豆半島にいて、今も移動を続けていたからだ。

臼井に拉致されたのかもしれない。

そう思った景子は、以前、小山裕太から奪い取ったサバイバルナイフをたずさえて車に飛び乗り、ＧＰＳを頼りに琴音を追いかけた。

思った通り、琴音は下田へと向かっていた。

車を走らせているあいだも気が気でなかった。今まさに、琴音がレイプされているのだと思うと……急がなければ、今度こそ殺されてしまうのだと考えると、頭がおかしくなってしまいそうだった。

琴音が拉致されていると思われる別荘の前には、レンタカーのトラックが停まっていた。それを見た景子は、琴音がそのトラックの荷台に閉じ込められていたのだと確信した。

別荘のドアには鍵がかけられていたので、景子は窓のひとつを叩き割って侵入した。琴音に聞いていたから、その別荘に地下室があることはわかっていた。幸いなことに、地下室のドアには鍵がかけられていなかった。

「GPSがあってよかったよ」

景子の言葉に、琴音は深く頷いた。もし、景子が来てくれなかったら、今頃、琴音は臼井に殺されていたはずだった。

## 23

別荘の一階のリビングルームの片隅の棚に薬箱があった。琴音はその中にあった軟膏を腫れ上がった景子の顔に塗ってやった。その後は同じ軟膏を、真澄の目の周りにもたっぷりと塗り込んでやった。

「どうして……わたしにまで治療をしてくれるの？」

治療をしてもらいながら真澄が訊いた。

だが、琴音は返事をしなかった。

「琴音は……本当に優しいんだね」

無言のまま琴音は左右に首を振った。

琴音は昔から何人もの人に「優しい」と言われていたし、自分でもそう思っていた。だが、今は優しいのかどうか、よくわからなかった。あれほどひどいことをした女の顔に治療を施している自分の気持ちもわからなかった。

「わたしを……許してくれるの？」

右の目を大きく開いて琴音を見つめた真澄が、おずおずとした口調で訊いた。

「許せない……許せないよ……」

小さな声で、琴音は繰り返した。

「これから、わたしを……どうするつもり？」

「駅まで送っていく……それで……さようならだよ……永久にさようなら」

やはり小さな声で琴音が言い、真澄が黙って頷いた。

「いや。そういうわけにはいかない」

すぐ脇にいた景子が、険しい顔をして口を挟んだ。「信用できない女だからな。このまま無罪放免にはできない」

景子に挑むような視線を向けられた真澄が、顔をひどく引き攣らせた。左の瞼はさらに腫れ上がり、赤紫に変色していた。

「景子さん……どうする……つもりなの？」

景子に視線を向けて、また小さな声で琴音は尋ねた。

「わたしに考えがある。おい、おまえ、立て。地下室に戻るぞ」

「許してください。お願いです。もう……ひどいことはしないでください」

今にも泣き出しそうに顔を歪めて真澄が哀願した。

「さっさと立てっ！　ぶん殴られたくなければ、言われた通りにしろっ！」

拳を振り上げた景子が大声で命じ、真澄が弾かれたかのように立ち上がった。

景子に「お前が先に行け」と命じられた真澄を先頭にして、三人は地下室へと戻った。

階段を降りているあいだずっと、啜り泣く真澄の声が琴音の耳に届いていた。

地下室のコンクリートの床には今も、剝き出しの背にナイフの長い柄を突き立てたままの臼井純平の死体が転がっていた。

自分が刺し殺したにもかかわらず、思わず琴音はその死体から目を逸らした。横目で見ると、琴音と同じように真澄も死体から顔を背けていた。

「おい、ちゃんとこっちを見ろっ！」

景子が大声で怒鳴った。

自分が命じられたわけではないのに、琴音は反射的に俯せで倒れている男の全裸死体に視線を向けた。

景子が身を屈め、その太い腕で、死体の背中に突き立っているナイフを一気に引き抜いた。傷口から血が溢れ出た。

引き抜かれたナイフの刃は何かに濡れて光っていた。だが、赤い血液に塗れているということはなかった。

「おい、このナイフを握れ。握って死体に突き刺せ。一度ではなく、何度も突き刺せ」

真澄にナイフを差し出して景子が新たな命令を下した。「お前が死体を刺している姿を動画と静止画で撮影する。お前がおかしなことをできないように、わたしたちの共犯者だという証拠にするんだ」

「そんな……いやです……できません……許してください……許してください……」

真澄が首を左右に振り、大粒の涙を流しながら声を震わせて訴えた。

「できないなら殺す。今、ここで殺す」

そう言うと、景子が左手で真澄の髪を鷲摑みにし、右手に握ったナイフの刃を彼女の首筋に近づけた。「どうする？　ここで死ぬか？　それとも、言われた通りにするか？」

景子がナイフを真澄の首に触れさせた。

見ていることができず、琴音はまた顔を背けた。

「あっ……殺さないで……やります……言われた通りにします……」

呻くように言う真澄の声が聞こえ、琴音は何とかふたりに視線を戻した。

「よし。それじゃあ、これを握り締めろ。言われたことだけをしろ。いいな？　おかしなことを考えるな」

景子が再びナイフを差し出し、真澄は大袈裟なほどに手を震わせてサバイバルナイフの柄を握り締めた。

「どこを……あの……刺せば……いいんですか？」

怯え切った様子の真澄が、ぶるぶると顔をわななかせて景子に訊いた。

「どこでもいいから刺せ。何度も繰り返し刺せ。刃が完全に沈み込むように強く刺すんだ」

スマートフォンを真澄に向け、撮影の準備を整えた景子が答えた。

「どうしても……やらなくちゃならないんですか？」

半開きになった真澄の口からは唾液が溢れ、それが顎先に溜まっていた。

「何度も言わせるなっ！　刺せっ！」

スマートフォンを真澄に向けたまま、景子が部屋中に響き渡るような大声で命じた。

次の瞬間、意を決した真澄が、「ああぁっ」という小さな声を漏らしながら死体の背中にサバイバルナイフを突き立てた。けれど、深くは刺さらなかった。琴音と同じように、真澄も非力なのだ。

「押し込めっ！　ナイフを根元まで押し込むんだっ！」

またしても大声で景子が命じ、真澄が「あああああ……」と声を上げながら、死体の背に突き立っているナイフに体重を乗せた。

銀色に光るナイフの刃が、俯せになった臼井純平の背中にゆっくりと沈み込んでいった。

琴音は奥歯を噛み締めてそれを見た。

## 24

真澄が死体にナイフの刃を突き入れている静止画と動画を、景子は二分ほど撮影していた。何度もナイフを突き立てられた臼井純平の体には、無残にも新たな傷がいくつも作られ、それぞれの傷口から血が溢れていた。

撮影を済ませると、琴音と景子は臼井の死体を別荘内にあった毛布ですっぽりとくるんだ。そして、重たい死体をふたりで何とか持ち上げて、別荘の玄関まで運び、誰にも見られていないことを慎重に確かめてから、ドアのすぐそばに移動させた景子の車の後部座席に素早く乗せた。

臼井が琴音にしようとしたように、その死体はこの近くの山の中に埋めてしまうつもりだった。

ふたりが作業をしているあいだ、真澄は別荘一階のリビングルームのソファにずっと蹲って泣き続けていた。


左瞼を腫れ上がらせている真澄を最寄り駅で降ろしてから、景子と琴音は車の後部座席に臼井の死体を乗せたまま湘南のマンションへと向かった。死体はあしたの夜に、どこかに運んで埋めるつもりだった。

最初はこのまま伊豆半島の山中に行って、そこに深い穴を掘って死体を埋めようと考えていた。けれど、その計画は変更した。景子も琴音も、それほど疲れていた。

「わたしたち、きっと……この罪を償うことになるんだよね」

助手席にもたれて、琴音は力なく、そう口にした。

「そうなるのかもしれない。でも……いいじゃない、それで。ふたりでやり遂げたんだからさ。その時のことは、その時に考えようよ」

顔を俯かせた琴音の耳に、景子のそんな言葉が入ってきた。

「ごめんね、景子さん。わたしと出会わなければ、景子さんは……こんな大変なことにかかわらなくて済んだのに……ごめんね……ごめんね」

ハンドルを握っている景子の横顔を見つめ、琴音は謝罪の言葉を繰り返した。

そう。あの日、あの海岸で、琴音とさえ出会わなければ、景子はこんな犯罪に手を貸すことはなかったのだ。

「謝らなくていいよ。わたしは少しも後悔していないんだから。琴音に出会えて、わたしは幸せなんだ。すごく幸せなんだ」

琴音のほうにちらりと顔を向けた景子が、力強い口調で言った。

「本当にそう思ってるの？」

「本当だよ。琴音と出会えてよかった。本当によかった」

やはり力強い口調で景子が繰り返した。

# 25

どうして……こんなことに……なっちゃったんだろう？

後部座席に死体を乗せた車の助手席で、琴音はぼんやりとそんなことを考えた。

琴音は人と争うのが嫌いだったから、誰も傷つけないように生きて来たつもりだった。人に意地悪なことをした覚えもなかったし、嫌われることをした記憶もなかった。

だったら、なぜ……。

そこまで思った瞬間、あることを思い出してハッとなった。

あれは五年前の春のこと、琴音は大学二年生になったばかりだった。

あの時、琴音は母から、猫が危篤だという連絡を受けて実家へと飛んで帰った。

その猫が自宅の庭に迷い込んできたのは、琴音が幼稚園に通っていた頃のことだった。

雨の降る夜にベッドの中にいると、どこからか猫の鳴き続ける声が聞こえて来た。

猫の声はいつまでも続いた。雨が降り続いていたけれど、琴音は傘をさして庭に出た。

そして、自宅の軒下に蹲って体を震わせている小さな猫を見つけた。反射的に、琴音は仔猫を抱き上げた。仔猫は逃げようとしなかった。濡れた仔猫を抱き締めて家に入ると、琴音は両親に「うちの子にしたい」と訴えた。母は困ったような顔をした。けれど、父はすぐに「ちゃんと面倒がみられるなら」と仔猫の飼育を許してくれた。

そんなふうにして仔猫との暮らしが始まった。

琴音はその仔猫にミュウという名をつけ、実の妹のように可愛がった。ミュウもすぐに懐き、琴音が自宅にいる時はいつもすぐそばにいた。勉強をしていると、ミュウは決まって膝に飛び乗ってきた。夜はいつも琴音と同じベッドで寝た。

東京の大学に進学するために実家を離れる時は辛かった。それでもミュウに会うために、琴音は月に一度くらいの頻度で実家に戻っていた。

ミュウが危篤だという母からの連絡を受けたあの日、実家へと向かう新幹線の中で、琴音はそれまで信じたことのなかった神に祈った。

ミュウの命を助けてください。その代わり、わたしに試練を与えてください。ミュウの代わりに、わたしを辛い目に遭わせてください。それがどんな試練でも受け入れます。だから、ミュウだけは助けてください。

琴音が実家に戻った時には、ミュウは今まさに死に瀕しているように見えた。往診してくれた獣医師によれば、今夜が峠だということだった。

その晩、琴音はミュウのすぐ隣で眠った。

あの時も琴音は祈った。新幹線の中でしたように神に祈った。

その祈りは通じた。

翌朝、琴音はミュウに頰を舐められて目を覚ましたのだ。

あれほど弱っていたのが嘘のように、ミュウは元気を取り戻していた。自分でトイレに行って排泄をし、これまで食べられなかった分を取り戻そうとでもするかのように餌を食べた。

ミュウはそれから四年生き、去年の春に、両親からの知らせを聞いて駆けつけた琴音の腕の中で眠るように息を引き取った。

死体を乗せて走り続ける車の中で、琴音はそんなことを思い出していた。

そういうことだったのか……だったら、いいや……文句はないよ。

心の中で琴音は呟いた。

そう。琴音に降りかかってきた試練は、きっとあの時のミュウの命の代償だったのだ。

あの時の約束通り、神が琴音に試練を与えたのだ。

「だったら、いいや……だったら、いいや……」

気がつくと、琴音は口に出してそう言っていた。

「何がいいの？」

運転を続けている景子が訊いた。

「ううん。何でもない」

「それならいいけど……気持ち悪いから、独り言はやめてね」

少しおどけたような口調で景子が言った。

「はい。やめます」

琴音もまた、おどけた口調でそう答えた。

## 26

死体を積んだ車は今、西湘バイパスを走っていた。時刻は午前零時をまわっていて、もう走っている車はまばらだった。

自宅のマンションまではあと一息というところまで来ていたが、急に景子が「ダメだ。眠たい」と言って、車をパーキングエリアに進入させた。

きっととても疲れているのだろう。景子はさっきからあくびを繰り返していた。

パーキングエリアに車を停めると、景子は「外の空気を吸ってくる」と言って車から降りた。

そんな景子に続いて、琴音も車を降りた。

ふたりのすぐ目の前に、真っ暗な湘南の海が広がっていた。絶え間なく打ち寄せる波の音が聞こえた。海を渡ってきた風からは、噎《む》せ返るほど強い潮の香りがした。

景子と並んで海を見つめながら、琴音はたった今、決めたことを彼女に伝えた。

「景子さん、わたし、車の運転免許を取ることにした」

「どうしたの、急に？」

景子が琴音のほうに、腫れて歪んだ顔を向けた。

「そうしたら、こんな時に運転を代わってあげられるし……それに、交代で運転ができたら、遠いところにもドライブに行けるし……だから、わたし、教習所に通う」

琴音は言った。ふたりが暮らしている街には、自動車の教習所があった。

「琴音とふたりで運転を交代しながらドライブか……何だか、すごく楽しそうだね」

「うん。きっとすごく楽しいよ。だから、すぐに免許を取りに行く」

そう口にした瞬間、琴音の中に希望のようなものが広がっていった。

「助手席に乗ってドライブするのが、すごく楽しみ」

景子が笑顔で言った。

「わたしも楽しみ」

わくわくするような喜びの中で琴音は答えた。

いつか、この罪を償わなくてはならない日が来るかもしれない。いや、来ると考えたほうがいいだろう。

だが、少なくともその日が来るまでは、希望の道を歩いて行けるような気がした。

「楽しみだな」

自分自身に言い聞かせるかのように、琴音はまたそう口にした。

一際大きな波が打ち寄せ、目の前の岩の上に巨大な波飛沫《しぶき》が立ち上った。

# あとがき

その仔犬《こいぬ》と出会ったのは一九七一年八月八日のことで、僕は十歳だった。父の友人が自宅の庭に迷い込んだ野良《のら》の仔犬を捨てに行く途中で、たまたま我が家に立ち寄ったのだ。真っ白な短毛の雑種で、たぶん生後二ヶ月前後、体重は一キロほどだったのだろう。今では考えられないが、あの頃はまだ、いたるところに野良犬がうろついていたのだ。

遊びから戻った僕は、その仔犬を飼いたいと両親に強く訴えた。だが、ふたりはいい顔をしなかった。父も母も犬や猫が好きではなかった。

それまでも僕は庭にやってくる猫を飼いたいと、両親に何度となく訴えていた。だが、そのたびに、その訴えはあっけなく却下された。

それでも、十歳の僕は諦《あきら》めなかった。

あの日、両親はついに根負けして、その白い仔犬を飼うことを認めてくれた。僕は歓喜し、愛読書だった『がんばれヘンリーくん』（ベバリイ・クリアリー著）の主人公の飼い犬と同じ、「アバラー」という名をその仔犬につけた。

ヘンリーくんのアバラーも捨てられた犬だった。


僕はアバラーを可愛《かわい》がった。けれど、今、思い返してみると、当時は随分とかわいそうな飼い方をしていた。

アバラーの餌《えさ》は、いつも残飯と言ってもいいようなものだった。父がいい加減に作った犬小屋はボロボロで、雨漏りもしたし、隙間風もひどかったはずだ。おまけに、一日の大半を鎖《くさり》に繋がれていたから、自由に歩きまわることもできなかった。

そんなこともあって、アバラーはひどく痩せていて、とても病弱だった。フィラリアに冒《おか》されて、内臓を吐き出すかのような悪い咳《せき》もよくしていた。

これはよくないと考えた僕は、図書館で犬の飼い方についての本を借りた。そして、その本によって、蚊《か》が犬の大敵であることを知り、犬を健康に育てるためには動物性のタンパク質が不可欠だということや、充分な運動が必要だということを知った。

僕はアバラーに肉や魚や牛乳や卵を与え、夏には蚊取り線香を焚《た》き続けた。散歩の回数を増やし、時間も長くした。

飼育方法を改善したことによって、アバラーは太り始め、咳をすることも病気にかかることもなくなった。両親は相変わらず、アバラーを好きにはならなかったが、僕の部屋に入れることだけは許してくれた。

アバラーは本当によく懐《なつ》いてくれた。僕が学校から戻ると、千切れるほどに尻尾《しっぽ》を振って喜んだものだった。

中学生や高校生の頃には、僕は学校から帰るとずっとアバラーとすごした。アバラーを連れて近くの造成地や、雑木林を何時間も歩いた。彼は僕の最高の友達だった。

アバラーと歩きまわりながら、僕はたくさんの物語を考えた。そして、毎日、それらの物語のどれかを選んでは、嬉々《きき》としてその物語の続きを頭の中で創作したものだった。

そう。アバラーとの散歩中に、僕はいつも頭の中にある自作の映画を見ていたのだ。

今、小説家として、次々と物語を作り出しているのは、その時の経験が役に立っているのかもしれない。

アバラーは九年のあいだ、僕と一緒にいた。そして、一九八〇年の夏に、突如として、いなくなってしまった。わずかに開いていた僕の部屋の窓から出て行ったきり、二度と戻ってこなかったのだ。

僕は髪を掻《か》き毟《むし》りたくなるほどの絶望感に支配されながらも、自転車に乗って何日もアバラーを探しまわった。保健所にも問い合わせた。

地方新聞に僕が出した『白い中型の雑種犬を探しています』という広告を見た人から連絡をもらい、胸を高鳴らせて、自転車でその人の家に向かったこともあった。

会いたい。もう一度、アバラーを抱き締めたい。

自転車を漕《こ》ぎながら、僕は切望した。けれど、そこにいたのはアバラーではなかった。


あれから四十数年という時間が流れた。その後、僕は一匹の犬と三匹の猫を飼い、その犬と猫の二匹を看取《みと》った。

その犬や猫たちは、財力のない子供に飼われていたアバラーとは比べ物にならないほど幸せだったと思う。アバラーとは違って、彼らは寒さに震えることも、空腹に苦しむこともなかったのだから。

ああっ、もう一度、アバラーを飼いたい。今度はもっといいものを食べさせ、もっといい暮らしをさせてやりたい。

今でも時々、僕はそんなことを考える。

犬や猫を嫌っていた父は生前、作家になった僕に何度か、「アバラーのことを書いたらどうだ？」と提案した。

けれど、僕は書かなかった。読者が求めているものとは、相容れないと考えたからだ。だから、アバラーについて書くのはこれが初めて、そして、たぶん最後になります。極めて個人的な話を読んでいただいて、ありがとうございます。

僕の計算に間違いがなければ、この作品が七十三冊目の新刊ということになる。異端の作家でしかない僕が、こんなにもたくさんの作品を発表できたのは、読んでくださっているみなさまのおかげです。

みなさまには心から感謝をいたします。ありがとうございます。もう少しだけ、応援してください。僕にとっては、みなさまの存在だけが心の支えです。

最後になってしまったが、この本の刊行にあたっては、光文社の藤野哲雄氏とスタジオダラの中西如氏に大変なご尽力をいただいた。

藤野さん、中西さん、ありがとうございます。おふたりのおかげで、何とか新刊ができました。これからも、末長く、よろしくお願いいたします。

二〇二四年三月　優しい南風の吹く午後に

大石　圭

目次・本文扉デザイン　bookwall

光文社文庫

文庫書下ろし

天《てん》使《し》の審《しん》判《ぱん》

著者　大《おお》石《いし》圭《けい》

2024年5月20日　初版1刷発行

発行者　三宅貴久
印　刷　萩原印刷
製　本　ナショナル製本

発行所　株式会社　光文社
〒112-8011　東京都文京区音羽1-16-6
電話（03）5395-8147　編集部
8116　書籍販売部
8125　制作部



ISBN978-4-334-10315-6　Printed in Japan



組版　萩原印刷

もしかしてひょっとして　大崎　梢
新宿鮫　新装版　大沢在昌
毒猿　新装版　大沢在昌
屍蘭　新装版　大沢在昌
無間人形　新装版　大沢在昌
炎蛹　新装版　大沢在昌
氷舞　新装版　大沢在昌
灰夜　新装版　大沢在昌
風化水脈　新装版　大沢在昌
狼花　新装版　大沢在昌
絆回廊　大沢在昌
暗約領域　大沢在昌
鮫島の貌　大沢在昌
撃つ薔薇　AD2023涼子　新装版　大沢在昌
死ぬより簡単　大沢在昌
闇先案内人（上・下）　大沢在昌
彼女は死んでも治らない　大澤めぐみ

Y田A子に世界は難しい　大澤めぐみ
クラウドの城　大谷　睦
神聖喜劇（全五巻）　大西巨人
野獣死すべし　大藪春彦
ヘッド・ハンター　大藪春彦
みな殺しの歌　大藪春彦
凶銃ワルサーP38　大藪春彦
復讐の弾道　新装版　大藪春彦
黒豹の鎮魂歌（上・下）　大藪春彦
春宵十話　岡　潔
人生の腕前　岡崎武志
白霧学舎　探偵小説倶楽部　岡田秀文
首イラズ　岡田秀文
今日の芸術　新装版　岡本太郎
神様からひと言　荻原　浩
明日の記憶　荻原　浩
あの日にドライブ　荻原　浩